JN160350

プロローグ

「あぁ、この『スモークサーモンのバジルドレッシングサラダ』、すごくおいしそう！　今日は朝ごはんを食べすぎてお腹いっぱいだけど、このサラダだけなら食べられそうだなー」

授業が午前中で終わったその日、朝生奏は、パズル部の部室に入ってくるやいなやコンビニのレジ袋からサラダのパックを取り出しながら、ことさら大きな声で、棒読みのセリフを口にした。

しかし、悲しいことに、その声を届けたい相手——江東蘭の耳に、その言葉に秘められた奏の痛切なメッセージが伝わることはなかった。

「奏、あたしが作るメインディッシュに期待して、オードブルだけ買ってきたの？　今日の料理は、『鮭のホイル焼き・ガスバーナー仕立て』だから、楽しみに待ってな」

奏が実験デスクの上に目を向けると、そこには、3台ほど並んだガスバーナーと、その上に渡された脚つきの金網、そしてそこに横たわってバーナーの青い炎にあぶられている、銀色のアルミホイルに包まれた何かが見えた。

奏が、棒読みの説明口調で、「満腹」「すでに食事は買ってある」と強調したのは、これが理由だった。最近、何に触発されたのか、蘭が「料理」——と言えば聞こえはいいが、さまざまな食材を使った燃焼実験や煮沸実験に凝りだしたのだ。いや、実験の本質は、その結果得られた物質を人体に投与することにあるのかもしれない。そして、もっぱらその人体実験の被験者にされたのが、朝生奏と井口透という、2人の2年生男子だった。

「はぁ……今日も胃薬のまなきゃか……」

奏がそんな絶望的なつぶやきをもらした瞬間――。

ボンッと何かが爆ぜる音が部室に響き、実験デスクの上に黒い煙が上った。

「蘭、ガスバーナーを止めて！　奏は、窓と扉を開けて！」

安藤瑛が、機敏に的確な指示を飛ばす。

「スプリンクラーが作動しちゃったら、大問題になるわよ！　一ノ瀬くんは――」

視線をめぐらせた瑛は、そのまま絶句した。この非常事態に気づいていないのか、一ノ瀬究は、窓際のイスに座ったまま、知恵の輪をもてあそんでいたのだ。

瑛は、それ以上の指示を究に出すのをあきらめた。気づいていないにしろ、無視しているにしろ、究が助けになってくれることはなさそうだ。幸いなことに、スプリンクラーは作動せず、奏が開けた窓から黒い煙がもうもうと外へ逃げていく。

念のため、と扉を小さく開けた奏が、次の瞬間「ひっ！」と息をのんで、すぐにその扉を閉めた。すると、閉ざされた扉の向こうから非難の声が上がる。

「なんで閉めるんだ！　頼みがあって来たんだ！　俺たちクイズ研究会の話を聞いてほしい！」

それを聞いた奏が、扉越しに叫ぶ。

「クイズ研究会？　あなたたちが僕たちに、『頼み』なんてあるはずないじゃないですか！……あっ！　まさか、何か見たんですか？」

「見た？　何を？　そんなことより、入れてくれ！」

一枚の扉を隔てて、「入れて！」「入らないで！」の攻防が始まる。ようやくすべての煙を窓から追い出し終えた瑛と蘭も、その騒動に気づき扉へ近づいた。

「奏、どうしたの？　お客さん？」

「『お客さん』なんかじゃないです、疫病神です！」

「おい、それは言いすぎだろ!?」

「話も聞かずに追い返そうとするなんて、『パズル部』なんて名乗っておいて、『問題が解決できない』ことが怖いんじゃないの!?」

奏が押さえている扉の向こうから、男女の抗議的な声が返ってくる。それでも奏は扉を死守しようとした。それを見た蘭が消臭スプレーを片手に、小さな声で言う。

「これまいたから、もう大丈夫よ」

扉がクイズ研究会によって強引にこじ開けられたのは、それとほぼ同時のことだった。扉の向こうには、３人の生徒たちがムスッとした表情で立っている。そして３人のうしろには、状況がのみ込めず、呆然と立っている井口透の姿も見えた。奏は、珍しく敵対心をあらわにした表情で３人の生徒を見つめ返し、声を荒らげた。

「『クイズ研究会』がパズル部に、なんの用だよ！」

３人の中で一番前に立っていた黒縁メガネの男子生徒が、「だから――」と口を開きかける。が、それをさえぎるように「安藤先輩！」と叫んで瑛を振り返った奏が、訪問者たちを指さしてまくしたてた。

「この人たち、クイズ研究会です！　クイズ研究会は、パズル部を目の敵にしてるんですよ！僕、前に聞いちゃったんです。『パズル』と『クイズ』は、活動内容がたいして変わらないのに、あとから発足したパズル部が『部活』として認められて、自分たちクイズ研究会が『同好会』のままなのが納得できないって、逆恨みしてるんですよ！　絶対に悪いことを考えてます。話なんて、聞く必要ないです！」

「まぁ、あたしたちも『パズル部』を作りたかったわけじゃなくて、乗っ取られたようなもんだけどね……」

腕を組んだ蘭が、究を横目でチラ見する。究が素知らぬ顔でやり過ごした直後、黒縁メガネの男子が、奏に向かって身を乗り出した。

「勝手に誤解して騒ぐなよ！　話を聞いてくれって!!」

「奏、このままじゃ、状況がわからないわ。とりあえず、入ってもらいましょう」

「でもっ……！」

「判断するのは、話を聞いてからでも遅くないわ」

有無を言わせない瑛の口調に、奏はしゅんとうなだれた。

「冷静な判断に感謝するよ。クイズ研究会の会長をしている、3年B組の蜂谷だ。改めて、よろしく」

ようやくパズル部の部室に足を踏み入れることができた黒縁メガネの男子はそう名乗ると、自分のうしろに立つ2人に目線を送った。ボブカットの女子が「2年の小牧です」と淡々と名乗り、やせ型の男子が「同じく2年の益岡です……」と、渋々といった表情でつぶやいた。

「現パズル部の副部長の安藤です。こっちは、部員の江東蘭。一応、部長は、あちらの一ノ瀬くん」

あえて「現」とつけたのは、「まだ、完全にはパズル部を認めてはいない」という、元科学部の矜持なのだろう。

しかし、瑛のそんな思いになど興味がない様子で、究は窓際のイスから「どーも」と微笑みながら蜂谷たちに片手を軽く振ってみせた。

「クイズって、知識の量と記憶力、それらを引き出す反射スピードを競うゲームだよね。とても俺には楽しめそうにないな。それで、そのクイズ研究会のみなさんが、どういったご用件で？」

笑顔で意地の悪いことを言う究に、研究会の３人は苦々しい表情になった。しかし、それを懸命に押し殺し——ふいに、３人そろって頭を下げた。その姿勢のまま、蜂谷が言う。

「俺たち、クイズ研究会が毎年出場してるクイズ大会があるんだ。もちろん、今年もエントリーして、いま猛特訓中なんだけど……その特訓に、力を貸してほしい」

「さっきも言ったけど、きみたちの言う『クイズ』と、俺たちがたしなむ『パズル』は、まったくの別物だよ？　なんの力も貸せないと思うんだけど……」

究が言い終わらないうちに、顔を上げた蜂谷は「いいや」と、力強く首を横に振った。

「そのクイズ大会、毎年テーマがあって、そのテーマに沿ったクイズが出題されるんだ。それで、今年のテーマが『科学と未来』なんだ」

「科学？」と、パズル部科学課の３人が同時に口にしたつぶやきを、クイズ研究会の３人は聞き逃さなかった。

「ここ、今は『パズル部』だけど、もとは『科学部』なんだよな？　だから頼む！　俺たち、クイズ研究会に、科学の知識や雑学を叩き込んでくれ！　俺は『科学』に対してはわりと知識があるほうだけど、この２人は文系だから、あまり得意なジャンルじゃないんだ。正直に言うと、俺一人が教えることに、限界を感じてる……。今年はテーマがテーマなだけに、『科学部』がエントリーする学校もあると思う。俺たちも、もっと専門的でニッチな知識を詰め込まないと勝てないって思ったんだ。３年の俺は、クイズ大会に出られるのは今年が最後だから……どんな手を使っても絶対に勝ちたいんだよ！　だから、このとおり!!」

蜂谷が腰を直角に折る。そのうしろでは、２人の後輩も深く頭を下げていた。先輩の蜂谷に有終の美を飾らせてあげたいと思っているのか、それとも、小牧と益岡の２人にも、どうしても勝ちたい理由があるのか。それはわからなかったが、ライバル視している「パズル部」に頭を下げてでも、大会で勝ちたいという思いは、「本気」以外の何物でもないはずだ。３人が本気で頭を下げていることだけは、はっきりと伝わってきた。

「それに俺たちは、さっきこの部室から黒い煙が出てたのなんて見てない。だから頼む!!」

「えっ、『黒い煙』ってなんですか？　俺、ぜんぜん流れについていけないんですけど……」

「イグッチは、うるさいから、ついてこられないくらいがちょうどいいわ。それはさておき、そんな脅迫まがいのことまで言われちゃ、言うこと聞くしかないんじゃない？　瑛」

真っ先に反応したのは蘭だった。ぱっと顔を上げた蜂谷たち3人の間に、安堵の気配が広がっていく。しかし、小さく首をかしげた瑛は、どこか困惑しているようだった。

「私も、そういうことなら協力するのはかまわないけど、『科学の知識や雑学』って一口に言われても、とにかく量が膨大すぎて、何を教えたらいいのか見当もつかないわ……」

「とにかくインプットの量で勝負するしかないんじゃない？　知識の取捨選択は、クイズ研究会の3人に任せるしかないよ。あたしの科学講義はスパルタだけど、ついてこられる？　特別に、アシスタントとして実験にも参加させてあげるけど、どう？」

蘭は「クイズ研究会への協力」なんて、どうでもよくて、単純に実験のアシスタント、あるいは被験者が欲しいだけなのだろう。

――さっき、あんなボヤ騒ぎを起こしたばかりだっていうのに……。

瑛は、蘭の自己中心ぶりとメンタルの強さに素直に感心した。

しかし、クイズ研究会の3人は、自分の未来が見えていないのか、「お願いします！」と蘭の手をとった。しかし、そこに軽やかな横槍が入る。

「あんまり時間もないんだよね？　なら、もっと確実でシンプルな方法を選ぶべきじゃないかな？」

そう言った究に、蜂谷が顔を向ける。「どんな方法？」と目で尋ねられた究は、右手の人差し指を立てて「簡単だよ」と言い放った。

「科学の知識や雑学を網羅した、完璧なカンニングペーパーを作ればいいんだ。そして、そのカンペをクイズ大会に、誰にも見つからないように持ち込めばいい」

パズル部の部室に、一瞬、なんとも形容しがたい――たとえるなら、あきれと疑念と驚愕と失笑が同量ずつ調合されたような――「ヘンな空気」が流れた。せっかく、「黒い煙」を部室から追い払ったばかりなのに、今度は究の放った「疑惑の黒い煙」が部室に充満する。

――パズル部は、そんなモラルのないことをふつうに行っているのか。

クイズ研究会の3人が心細そうに顔を見合わせる。そんな「よどんだ空気」のなか、究は至極まじめな口調で続けた。

「クイズ会場に持ち込むことを前提とするなら、可能なかぎりコンパクトにまとめるのがいい。それでいて、ある程度の情報量がないと、完璧なカンニングペーパーとは言えない。それに、目的のワードを即座に探し出せる利便性も必須だね。必要な項目を探すのに手間取るようじゃ、早押しや、制限時間のあるクイズでは役に立たないから。それに、万が一、会場でカンペを誰かに見られてもごまかせるように、文面を暗号化するのもいいかもしれない。そこまでやれば、きみたちの優勝は約束されるでしょ」

スラスラと、必勝法を伝授するかのように究は語る。しかし、その内容は「不正の教唆」だ。

「いいかげんにしてくれ！　何を――」

「きみたち、さっき言ってたよね。『どんな手を使っても勝ちたい』って」

文句を言おうとした蜂谷に、究が歩み寄った。表情のうかがえない目で、じっと真正面から顔をのぞき込まれた蜂谷が、ゴクリとノドを鳴らす。やがて、そのノドから、か細い声がもれ出た。

「や、やってみる……！」

「蜂谷先輩、本気？」

「カンニングなんて、あり得ないですよ」

あっけにとられた様子の後輩２人に両側から詰め寄られて、蜂谷が唇を震わせる。カンニングペーパーを作ることを決意して興奮しているのか、それとも、思わず言ってしまったもののまだ迷っているのか。後輩たちには、蜂谷が何を考え、何を感じているのか、わからなかった。

やがて、蜂谷は後輩たちに目を向けた。その目には、強い意志の光が宿っていた。

「小牧、益岡、俺を信じてついてきてくれ！　まずは、図書室へ行くぞ。図書室なら、科学の資料には困らないからな」

そう言って、蜂谷が踵を返す。とまどう後輩たちにかまわず、部室の扉に手をかけた蜂谷は顔だけで振り返ると、究に向かって目礼した。

「知恵を貸してくれて、ありがとう。俺たちなりにやってみる」

「あぁ、勝てるといいね」

究のあっさりすぎる「応援」に、蜂谷は返事をしなかった。そうして、動揺している後輩たちを連れて、蜂谷はパズル部の部室を静かに出ていった。

「やれやれ、酸欠になるかと思った。今日は部室がやけに燃え上がるね」

究は細い腕を天井に向けて軽く伸ばし、そこにあくびもつけた。今さっきの自分の発言に、まるで責任を感じていないようなその態度を見た瑛が、目もとに怒りをにじませる。

「一ノ瀬くん、どういうつもり？　カンニングペーパーを持ち込むのは不正よ。発覚したら、二度と大会に出られなくなるかもしれないわ。それを勧めるなんて、なに考えてるの？　蘭のボヤ騒ぎどころじゃなく、大炎上するわよ」

「僕もさすがに、さっきのアイデアはないと思います……。イッキュウ先輩があんなこと言うなんて、僕、ちょっとショックでした」

「あんな『悪知恵』を授けるくらいなら、あたしのスパルタ講義を受けさせるべきだったんじゃない？」

アシスタントを確保し損ねた蘭が、つまらなさそうに実験スペースのイスに腰を下ろす。

「俺も、江東先輩の実験台――じゃなくて、実験アシスタントが増えるほうに賛成の一票です」

そんなパズル部の４人を振り返った究は、不正を教唆した直後とは思えないほど穏やかな表情で、こんなことを言った。

「みんな、相変わらず鈍いんだね。あの『ハッチ部長』は、すぐにわかってくれたみたいだけど」

そう言って夕陽の見える窓辺にゆっくりと歩み寄った究は、その窓を背に立つと、「さて、問題です」と、鳥がさえずるように軽やかに口にした。

「ある自動車メーカーが、世界初の特殊機能を搭載した新型車の開発に成功した」という情報をつかんだライバル社は、その車の特殊機能がどんなものかを知ろうと考えた。そしてライバル社は、新型車の運搬当日、運搬用と思われるトラックの、シートに覆われた荷台に忍び込むことに成功した。

荷台にはすでに、1台の新車が積み込まれている。ライバル社の調査員は、その新車を徹底的に調査した。しかし、その自動車の特殊機能について知ることは一切できなかった。いったいなぜか？

もう、「こんなときにパズルなんて」と思う人間はいない。すぐに奏が「うーん」とうなり声を上げた。

「先に言っておくけど、『特殊機能のついた新型車を開発したという情報はウソだった』とか、『調査員の能力が未熟だった』とか、そういう答えじゃないからね」

「わかってますよー。さすがに僕も、パズル部の部員として、問題の傾向はつかんできたつもりですから！」

元気よく究に言い返した奏が、誇らしげにVサインを作ってみせる。

「そういうVサインは、問題が解けたときに見せるものじゃない？」

究が、なぜか嬉しそうに奏に言う。考える奏も楽しそうだ。

「そうだなぁ……。その特殊機能は、『調査されても気づかれないこと』だったとか!?」

「それは、さっき言った、『調査員の能力が未熟だった』っていうのと同じことだよ」

「うーん……。本当はもう一台、透明な車が積んであった、とかじゃないですよね……？　あ！開発されたのは世界最小の車で、調査員が気づけなかっただけとか!?　トラックに積み込まれていた車は、オトリだったんです」

「見えないくらい小さな車だと、ヒトやモノを運ぶという自動車本来の機能を果たせないから、意味がないね。だけど、『オトリ』という発想は、いい線いってるよ」

究にほめられた奏は、「ほんとですか？　やった！」と、無邪気にガッツポーズをして笑顔になった。すると、隣で究と奏の会話を聞いていた瑛が、「もしかして……」と口を開いた。

「開発された『特殊機能を備えた新型車』っていうのは、トラックに積み込まれていた車ではなく、トラックのほうだったんじゃない？　奏の言うとおり、トラックが運搬していた車はオトリ。だから、調査しても何も見つからなかったのよ」

瑛の解答を聞いた究は数秒間の無言の「ため」を作ったあと、まるでここがクイズ大会の会場であるかのように、「ピンポーン」と唇をすぼめて言った。

「ライバルメーカーが調査に乗り込んでくるという情報をつかんでいた開発会社が、一計を案じたってわけ。世界初の特殊機能が搭載されていたのはトラックのほうだったんだね」

「それで？　その問題と、一ノ瀬がクイズ研究会にカンニングペーパーを作るよう指示した理由には、どういう関係があるっての？」

実験スペースのイスで足を組んでいた蘭も、奏と同様に究の「傾向」をつかんでいると言わんばかりに尋ねてきた。そして究も、そう問われることをわかっていたに違いない。余裕の笑みを浮かべて、すらすらと言葉を並べはじめた。

「つまり、『手段』と『目的』のすり替えってことさ」

「意味が、ぜんぜんわからないんですけど？」

表情を曇らせた奏が言う。究がクイズ研究会に「卑怯な手段」を勧めたことが、ずっと引っかかっているのだろう。とまどいの表情を貼りつけた奏の肩を、究はポンと軽く叩いた。

「あの部長は、後輩にカンニングペーパーを作らせるだろうね。でも、使おうなんて思わないはずさ」

その言葉を聞いた奏が、「え？」と目を丸くする。その目が、やがて、「あ……！」と大きく見開かれた。それを見た究が、狙いどおりとばかりに微笑みを浮かべて、人差し指を立てる。

「そう——あの部長は、後輩たちに科学知識を効率よくインプットさせるために俺の提案に乗ったフリをしたんだよ。カンニングペーパーを作るのは、実は、そう簡単なことじゃない。どんな知識が必要かを取捨選択したり、整理しながら、まとめていかないといけないからね。そうやって試行錯誤するうちに、知識が脳に定着するんだよ。それが、『手段』と『目的』のすり替えってことさ」

「あっ！」と、透が4人の注目を集めるために、大きな声を出した。

「作家のチェスタトンの名言に、こういうものがあります。『答えがわからないのではない。問題がわかっていないのだ』って。そういうことですか？」

「井口、それ、ぜんぜん違うと思うよ。その覚えたての名言を、みんなに披露したくて、無理にねじ込んできてない？」

ズバリと究に看破された透が、恥ずかしそうに顔を赤らめる。

「たしかに、カンニングペーパーを作っているうちに内容が自然と頭に入って、結局、本番でカンニングペーパーが必要なくなるくらい暗記できちゃうことがあるって、聞いたことがあります！　イッキュウ先輩は最初からそれを狙ってたんですね！」

「そういうこと。あの部長は、俺の『カンニングペーパー』から、その意図を読み取ったんだから、けっこう優秀なんじゃない？　ただし、部員たちに、どこまでそのことを隠しておけるかが重要だけどね。本気で作らせないと意味がないけど、本気で作らせたら、『やっぱり部長のやり方には、ついていけない』って、なってしまうリスクもあるから。まぁ、あとはあの3人の信頼関係しだいかな？　ただ、やっぱり俺は、クイズみたいに知識をストックしていくことのおもしろさがわからないけどね」

そして究が興味を知恵の輪に向ける寸前、それを止めたのは、透だった。

「そうですか？　俺はわかりますよ。知識って増えることと自体が楽しいんじゃないですか？『知識貯金』みたいで。ほら、貯金通帳の数字が増えていくのって楽しいじゃないですか。逆に、ダイエットも、毎日体重計に乗って数字が減っていくのを見るだけでモチベーションが上がるっていいますよ。筋トレも、トレーニングで筋肉が身体にたくわえられていくのが快感でハマるんでしょうね。ビジネスマンで、自己啓発が好きな人って、高確率で筋トレが好きらしいですよ」

窓際の席に戻りかけていた究が足を止めて振り返った。

「将来、井口もマッチョになるのか。それはちょっと想像できないなあ。で、さっきの『貯金通帳』なんだけど……。俺は、通帳の数字が増えても、あまり嬉しいとは思わないんだよね。やっぱりそれは、『手段』が『目的』化しちゃってるって思うからね。お金も知識も、使ってこそ楽しいんじゃないかって思うよ。雑学知識は暗記するより、生活の中で思考のヒントになったりすると、スカッとするよね」

そう言うと究はホワイトボードの前まで戻ってきて、おもむろにマーカーのキャップをはずして言った。

「いいこと思いついた。これから毎日1問、俺が問題を出していくから解いてみてよ。どれも、専門的な知識は必要なくて、常識程度の雑学知識をもとにしている問題だよ。ただ、その知識を使って、ちょっとだけ論理的に発想する必要がある。まぁ、楽しみながら解いてみて。じゃあ、まずは練習問題――」

そして、一ノ瀬究は、パズル部のメンバーに挑戦状をつきつけるようにホワイトボードに問題を書きはじめた。

「鮭」は、英語では「サーモン」であり、同じ魚を指す。しかし、日本のスーパーの食料品売り場では、「鮭」と「サーモン」の両方の表示が存在する。
それには「ゴロのよさ」や「表記したときのデザイン性」などではない理由がある。では、「鮭」と「サーモン」の違いは何か？

４人が無言になり、部室に沈黙(ちんもく)が訪れる。そして数分後、究が知恵の輪をもてあそぶ、カチャカチャという音だけが響きはじめた。蘭が険しい表情をしているのは、「鮭」という言葉で、先ほどの「失敗に終わった実験」を思い出したからかもしれない――。

5分後に意外な結末 QUIZ

ロジカル思考：
一ノ瀬究からの挑戦状

一ノ瀬究 編著　usi 絵

Gakken

……というわけで、これから毎日1題ずつ、計100題の問題を出題するよ。

問題は、「知っているか／知らないか」で決まるようなものではなく、複雑な計算が必要なものでもない。どれも、日常的な知識があって、正しい道のりで考えれば、正解にたどりつけるようなものばかりだよ。

ただし、その「日常的な知識」を出発点にして、「発想力」「想像力」と「ロジカルな思考力」を組み合わせないと、正しい道は見つけられないかもしれないね。

もうひとつ、「観察力」や「疑う力」みたいなものがあると武器になるんだけど、そういう意味じゃ、奏がいちばん不得意なタイプの問題かもね。

どの問題も、制限時間は「なし」でいこう。だって、「考える」ことって楽しいんだから、楽しいことに制限時間なんか設けたら、もったいないでしょ？

| 登場人物紹介 |

パズル部とは？

部員不足で廃部寸前だった「科学部」が、部の存続のために新部員を集めることに。なんとか部の要件を満たすために、2人の部員を集めることに成功はしたが、そのうちの1人、一ノ瀬究が入部する条件としたのが、「自分を部長にすること」だった。泣く泣くその条件をのんだ科学部だったが、一ノ瀬究は部長権限で、部名を「パズル部」に変更し…。

いちのせ きゅう
一ノ瀬 究

パズル部の部長。3年生。考え、行動、すべてが謎に包まれている。常に知恵の輪をいじっている。なんでも「パズル問題」にたとえて説明しようとする。

あんどう あきら
安藤 瑛

元科学部の部長。現パズル部の副部長。3年生。クールで良識派の理系女子。元科学部の3人は、「科学部」の復興を目指し、「パズル部科学課」を名乗っている。

えとう らん
江東 蘭

元科学部の部員。3年生。自称「天才科学者」だが、後輩たちからは、手段を選ばない、唯我独尊な「天災系科学者」と認識されている。常にお菓子を食べている。

あそう かなで
朝生 奏

元科学部の部員。2年生。おだやかで素直な性格だが、優柔不断。常に江東蘭の実験助手かつ実験台として、不当な扱いを受けている。

いぐち とおる
井口 透

自己啓発が大好きな2年生。常にパソコンに向かって、通称『語録』とよばれる、自身や古今東西の偉人たちの名言を集めている。「ビジネスコミュニケーション課」を自称。

小説・伊月咲+桃戸ハル
ブックデザイン・Siun
イラスト協力・糸貫律
編集・桃戸ハル
編集協力・相原彩乃、北村有紀、
黒澤鮎見、舘野千加子、
原郷真里子、藤巻志帆佳、
原田芳
DTP・四国写研

●注意●
本書で紹介した知識・雑学・ロジックには諸説あるものもあり、本書で紹介したものは、その一例です。

問題 1
QUESTION

バイクや車に乗って
ひったくりをする犯罪者が狙うのは、
圧倒的に女性が多いという。
「非力に見える」や
「ショルダーバッグはつかみやすい」
というのも理由の1つだが、
ほかにも大きな理由があるという。
その理由とは何か?

ひったくりって、
何をねらって
いるんだろうね?

答え ANSWER 1

女性は、カバンやバッグに財布（さいふ）を入れていることが多いから。

男性は、財布をカバンではなく、パンツやジャケットのポケットに入れていることが多い。だから、ひったくり犯がカバンを奪（うば）ったとしても、その中には財布は入っていない場合がある。一方、女性の場合、財布をカバンやバッグに入れていることが多いため、狙われやすいのだ。

マメ知識

ひったくり被害の約9割が女性、という統計もある。被害にあう時間帯は「17時以降」が多く、年代でいうと、20代（女性）が多い。ひったくり被害にあった場合、追いかけたり、捕（つか）まえようとしたりするのは得策ではない。車道と歩道の区別のないところでは壁側にバッグを持つなど、まずは未然に防ぐことを考えるべき。

問題 QUESTION 2

スーパーやデパ地下の
食料品売場で
商品パッケージ
に貼られる
値引きシールには、
小さな（細い）切れ込みが
数ヵ所に入っている。
その理由は何か？

答え
ANSWER
2

シールをはがしたときに破れやすくすることで、他商品への貼り替えを防止している。

スーパーなどでは、客が値引きシールを別の商品に貼り替える犯罪が頻発していた。そこで、シールに切れ込みを入れ、はがしたときにすぐに破れるように工夫されたのである。値引きシールが破れていれば、客が貼り替えたものだと見分けられるため、犯罪を未然に防ぐことができる。

マメ知識

「シール」という英語はあるが、日本での使われ方は和製英語的で、本来の意味は「印象・封印」。ペタペタ貼る玩具(おもちゃ)・文具は、英語では「ステッカー」。シール(seal)という英単語は、アザラシなどの海獣類全般(かいじゅうるいぜんぱん)も意味するが、アザラシ、アシカ、オットセイは、それぞれまったく別の動物である。

問題 QUESTION 3

海上自衛隊は、必ず毎週金曜日にカレーを食べる習慣があるという。その理由は何か？

簡単ですよ！カレーが人気のメニューだからです!!

答え ANSWER

3

長期間の海上生活でも、「曜日」の感覚を失わないようにするため。

船上で生活する海上自衛隊員は、長期間海の上で生活しているので、曜日感覚を失いやすい。そのため、毎週金曜日のメニューをカレーに固定することで、曜日感覚が保てるようにしているという。また、メニューがカレーになったのは、麦飯を使うことで脚気(かっけ)予防の効果が期待できるからだといわれている。

マメ知識

昔は「カレーライス」「ライスカレー」という2つの呼び名があった。ごはんとルーが別々に分けられていて、食べるときに自分でルーをかけるのが「カレーライス」、最初からごはんにルーがかけられたものを、「ライスカレー」と呼び分けていた。ちなみに、日本にカレーを広めることに貢献(こうけん)したのは、「少年よ、大志を抱け」の言葉で有名なクラーク博士。

問題 4
QUESTION

通常、販売されている鉛筆は
先が削られていない。
しかし、色鉛筆の
セットの場合は、
最初から削られている。
それはなぜか？

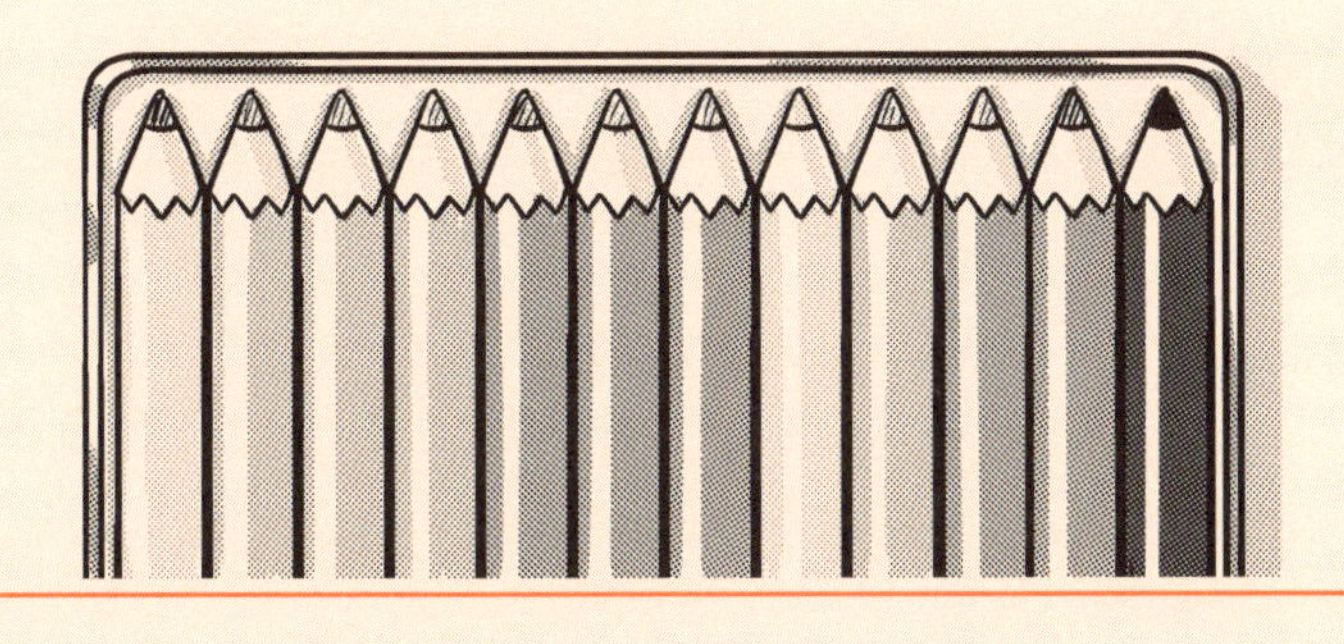

答え ANSWER

4

色鉛筆は同時に何色も使うので、すぐに使えるように最初から削られている。

一般的な黒鉛筆は、基本的に一本ずつ使われ、また、削っていないほうが保管にも便利である。そのため、販売時には削られていない状態で売られる。それに対して、色鉛筆は同時に何色も使う場合が多く、削られていない状態だとすぐに使えず不便なので、メーカーがサービスとして削っているのである。

マメ知識

鉛筆の芯の種類は、6B、5B、4B、3B、2B、B、HB、F、H、2H、3H、4H、5H、6H、7H、8H、9H、の17種類。Bは「Black（黒い）」、Fは「Firm（ひきしまった）」、Hは「Hard（硬い）」の意味。昭和の頃の主流はHBであったが、現在の主流は2B。その理由は、子どもたちの筆圧が弱くなったから、といわれている。

問題 QUESTION 5

下図のバスは、（向かって）右・左のどちらの方向に走っているか？

答え ANSWER

5

（向かって）右の方向に走っている。

一見、勘（かん）で答える問題に思われるかもしれないが、日常的な観察力と論理力があれば、簡単にわかる問題。バスは一般的な自動車と異なり、片側にしか乗降のドアがついていない（日本の車道は左側通行なので、バスの左側にドアがついている）。示されている図（バス）には、ドアがついていない。つまり、向こう側にドアがついているということだ。したがって、バスは向かって右側に走っている。

マメ知識 

バスの座席はたいてい青色であるが、これは国土交通省が定めた「標準仕様ノンステップバス認定要領」によるもので、床や壁と明度差をつけるためである。また、「高齢者および色覚障害者でも見えるよう、縦握り棒、押しボタンなど、明示させたい部分には朱色または黄赤を用いる」とも示されている。

問題 QUESTION 6

電車のドアには、とても低い位置に引き手（のくぼみ）がついている。それはなぜか？

電車のドアって、どういうときに開けるんだろう？

答え ANSWER 6

非常時に電車の外からドアを開けやすくするため。

電車が事故や故障で止まったときなど、乗客が線路上で降車することがある。その際には、駅員が外からドアを開ける場合もある。ホームからだとわかりにくいが、電車のドアは、地面からはかなり高い位置にある。そのため、線路に立った駅員がドアを開けやすい位置に引き手をつけると、車内から見た場合は、低い位置にあるように見えるのである。

マメ知識

地下鉄車両の場合、非常時にも車両のドアが開くことはない。では、地下鉄車両は、どこに非常口があるかというと、先頭車両と最後尾の車両の正面に「貫通扉（かんつうとびら）」というドアがついている（何気なく見ると気づかないが、よく見るとドアになっている）。そこから降りて、トンネル内の随所（ずいしょ）にある非常口から避難するのだ。

問題 7
QUESTION

簡易的な書類に
使われる認印には
上下がわかるような
目印（アタリ）がついているが、
重要な契約に使われる
実印や銀行印には
その目印がついていない。
それはなぜか？

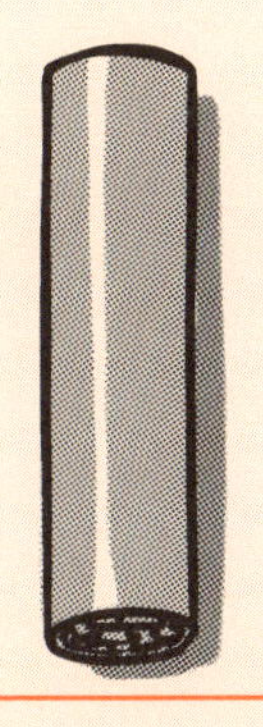
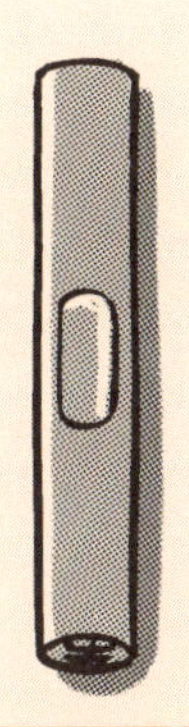

答え
ANSWER

7

印鑑（いんかん）を押す前に、「本当に契約してよいか」を考える時間を作るため。

簡易的な書類に使う印鑑（認印）には、上下がわかるよう「アタリ」や「さぐり」と呼ばれる目印がついている。しかし、重要な契約に使用する印鑑（実印）には、その目印がついていない。これは、どちらが上下かを目で確認する手間をあえて挟むことで、「本当に判を押してもよいのか」を冷静に考える時間を作るためといわれる。

マメ知識

かつては印鑑の材料として、象牙（ぞうげ）が多用されていた。しかし、象が乱獲されるようになってしまい、ワシントン条約によって、象牙の商取引は全面的に禁止された。だが、その後も、象の密猟は続いている。象牙の商取引禁止によって使われるようになったのが、永久凍土から発掘された、「マンモスの牙」である。

問題 8
QUESTION

トラックの側面の文字は、
横書きの場合でも
左からではなく
右から読むように
なっていることがある。
それはなぜか？

答え ANSWER 8

走行中のトラックの場合、対向車や歩行者からは、文字が前方から流れたほうが読みやすいため。

トラックの側面（特に右側）の文字は、走行中に読まれることを想定している。対向車や歩行者から見ると、車の進行方向である前方から視界に入るため、右から左に書かれていれば、すれ違った時に文字が順番に流れて見えるため、正しく読みやすくなるのである。ちなみに、日本では車は左側通行であるため、対向車はトラックの右側の側面しか見えない。

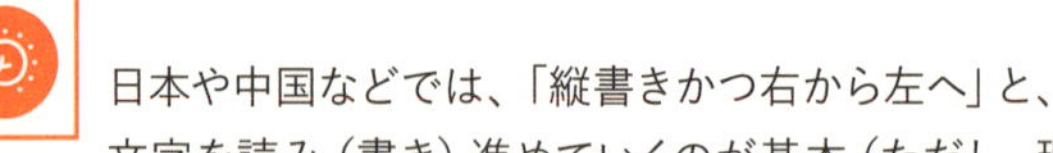

マメ知識

日本や中国などでは、「縦書きかつ右から左へ」と、文字を読み（書き）進めていくのが基本（ただし、現在では、「横書きかつ左から右」も一般的）。欧米圏（おうべいけん）では、「横書きかつ左から右へ」が基本、アラビア語などの中東圏では、「横書きかつ右から左へ」が基本。日本や中国が「縦書き（右から左）」なのは、「巻物」に書いていたから、といわれる。

問題 9
QUESTION

人間と寄生生物の共生を描いた
岩明均のマンガ『寄生獣』で、
主人公に寄生した生物は、
右手に寄生したことから、「ミギー」という
名前で呼ばれている。
このマンガが海外で翻訳されたとき（当初）、
寄生生物の「ミギー」は、
翻訳版では、「レフティ（左）」という
名前をつけられた。
それはなぜか？

ホッキョクグマは
たいてい左利き
らしいけど、

この問題とは
関係ない
だろうな……

答え ANSWER 9

マンガの絵が、逆版(ぎゃくはん)(左右反転)で使用されていたため。

日本のマンガ本の多くが、「右開き(セリフがタテ書き)」であるのに対して、英語の本などは「左開き(ヨコ書き)」である。今でこそ、日本のマンガは海外でも「右開き」で作られることが多いが、かつては海外版として左開きの本にするために、マンガの絵を左右反転(ウラ返し)して使うこともあった。そのため、主人公の右手に寄生していた「ミギー」が、左手に寄生していることになり、名前も変わったのだ。

マメ知識

かつては、左開きの本にするために、絵を逆版で使用することもあったが、日本のマンガが世界的な人気になり、現在は、右開きのままで出版されることも多い(ただし、フキダシの中は横書き)。本の中に、「(マンガの)コマの流れの見方」などがつけられていたり、登場人物の名前がそれぞれの国に合わせて変更されていたりもする。

問題 QUESTION 10

「小切手」とは、
金額が書き込まれた証券を、
銀行に持ち込めば、
その金額が銀行から受け取れる
というしくみである。
有名画家のサルバドール・ダリは、
小切手で店に支払いをするとき、
その小切手に、ちょっとした絵を描いて
渡すことがあったという。
それはなぜか?

答え
ANSWER

10

その店が、銀行で小切手を換金(かんきん)しないようにするため。

ダリが、小切手を使って、レストランなどの食事代を払ったとする。すると、レストラン側は、銀行で小切手を現金に換える。その現金は、ダリの口座から引かれるのだが、小切手に（ダリの）絵が描いてあると、それ自体に価値があると思い、銀行で換金をせず、とっておこうと思うこともある。ダリが小切手に絵を描いたのは、ファンへのサービスなどではなく、自分の預金(よきん)が減らないようにするための戦略だった。

マメ知識

インパクトのあるヴィジュアルかつ、また自らを「変人」としても演出していた画家サルバドール・ダリは、「自分の講演会に、潜水服(せんすいふく)姿で犬を連れて現れたが、潜水服が密閉されていて酸欠で死にかける」「新しい髪型だと言って、頭にフランスパンを乗せて取材を受ける」などなど、奇天烈(きてれつ)なエピソードに事欠かない。

問題 QUESTION 11

多くの銀行の入口には
観葉植物が
置かれている。
それはなぜか？

答え ANSWER 11

一定の高さの観葉植物を置くことで、客の身長の目安にできるため。

銀行に置かれている観葉植物は、高さが日本人男性の平均身長である170センチくらいであることが多い。決まった高さの観葉植物を置くことで、行員(こういん)が客の身長の目安をつけやすくなる。そのことで万が一、銀行強盗に襲われたときや、不審(ふしん)な人物が入ってきたときに、その人間の身長が一目でわかるようにしているのだ。

マメ知識

銀行では、客にトイレを貸さない。それは、犯罪者がトイレに立てこもったり、その中で変装や着替えをしたりすることのないようにするため。また、トイレという目の届かないところで事件、トラブルが起こらないようにするためでもある。ちなみに、コンビニの自動ドアにも、身長を知るための目盛りがつけられていることがある。

問題 QUESTION 12

欧米の玄関のドアは
基本的に内開きだが、
日本の玄関は
多くが外開きである。
それはなぜか？

答え ANSWER 12

日本では玄関で靴を脱ぐ習慣があるので、内側にドアが開くと靴が邪魔になるから。

玄関で靴を脱ぐ習慣がある日本では、玄関の内側に靴を置くスペースが必要である。ドアが内開きだと靴が邪魔して開閉しにくいため、外開きにすることが多い。ちなみに、欧米では、不審者が侵入しようとしたときに体重をかけるなどして押し出せるように、ドアは内開きになっているともいわれる。

マメ知識

日本の家屋のドアが外開きなのは、（解答以外に）ドアに付着したホコリや雨滴が、玄関に入らないようにする、などの目的もある。ちなみに、ホテルやオフィスビルなどのドアは、内開きが多い。それは、防災時に室内から避難するとき、ドアが外開きだと障害物があって開かなくなったり、避難する人の邪魔になるからである。

問題 QUESTION 13

通常のコンセントは、床から20～30センチ程度の高さに取りつけられていることが多いが、冷蔵庫用のコンセントは、壁の高い位置にあることが多い。それはなぜか？

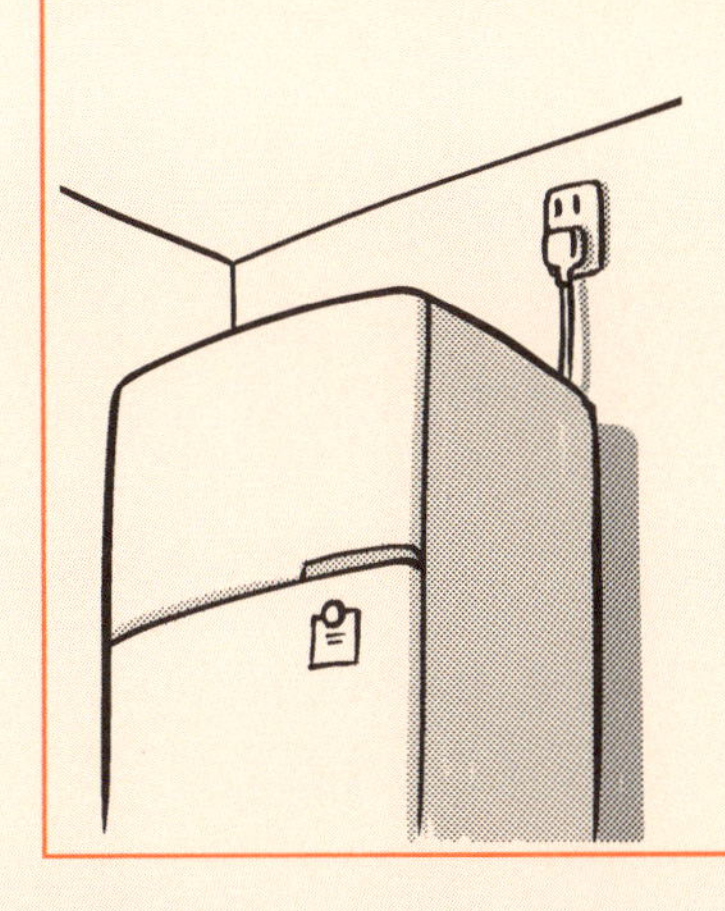

冷蔵庫って、
停電になると
困るのはなぜ？
それがヒントね

答え ANSWER 13

冷蔵庫は長期間プラグをさしたままにするため、埃(ほこり)がたまるのを防ぐため。

冷蔵庫のプラグは一度さしたら、抜くことはほとんどない。ずっと稼動(かどう)させておかないと、食料品が傷んでしまうからだ。冷蔵庫はずっとプラグをさしたままにしておく、珍しい電化製品である。しかし、長期間コンセントにさしたままだと、埃がたまって発火事故が起こりやすくなる。そこで、冷蔵庫用のコンセントは、高い位置に設置され、埃がたまりにくいようにしているのである。

マメ知識

あまり気にとめることはないが、コンセントにさし込む電源プラグには、穴が開いている。これは、材料費を節約するためではなく、法令で決まっているからである。この穴が、プラグがコンセントからズレることを防ぐ役割を果たしている。コンセントがズレると、そこに付着した埃(ほこり)から発火し火事になる危険があるのだ。

問題 QUESTION 14

飛行機の機長と副機長は、
同じメニューの食事を
食べないルールがある。
それはなぜか？

答え ANSWER 14

フライト中に、機長と副機長が2人同時に食中毒になることを避けるため。

機長と副機長が同じメニューの食事をとった場合、2人同時に食中毒になる可能性がある。このリスクを避けるために、飛行機の機長と副機長は、フライト前やフライト中、同じ材料を使った食事を食べないようにしている。こうした対策によって、万が一にも空の上のトラブルが起こらないよう、回避(かいひ)しようとしているのだ。

マメ知識

学校で、校長先生は、児童よりも早く給食を食べる。それは、早弁をしているわけではなく、また、昼休みは忙しいからでもない。「検食(けんしょく)」という、法律でも決められた仕事なのだ。校長は、学校の責任者として、給食の安全性を確認するために、児童が給食を食べる30分前までに検食を行わなくてはいけないとされている。

問題 QUESTION 15

昔話の「浦島太郎」で、浦島太郎が助けたカメは、オスかメスか？

答え ANSWER 15

浦島太郎を背中に乗せて海中の竜宮城（りゅうぐうじょう）に連れていったことからも、浦島太郎が助けたカメは「海ガメ」であることがわかる。海ガメが陸（浜辺）に上がるのは産卵のときだけである。産卵するのはメス、つまり浦島太郎が助けたのは、「メスの海ガメ」であることがわかる。

マメ知識

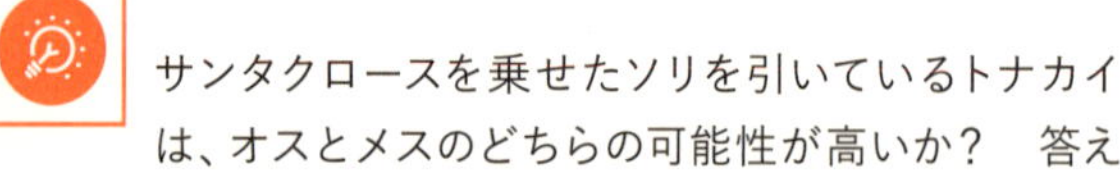

サンタクロースを乗せたソリを引いているトナカイは、オスとメスのどちらの可能性が高いか？　答えは、メスである。トナカイはシカとは異なり、オスもメスも角を生やしている。しかし、オスの角は春に生えて秋〜冬に抜け落ちる一方、メスの角は冬に生えて春〜夏に抜け落ちる。よって、「メスの可能性が高い」のだ。

問題 16
QUESTION

一般の自動車のサイドミラーは「ドアミラー」（運転席の横についている）が主流だが、タクシーの場合は、ミラーがボンネットについていることが多い。その理由は何か？

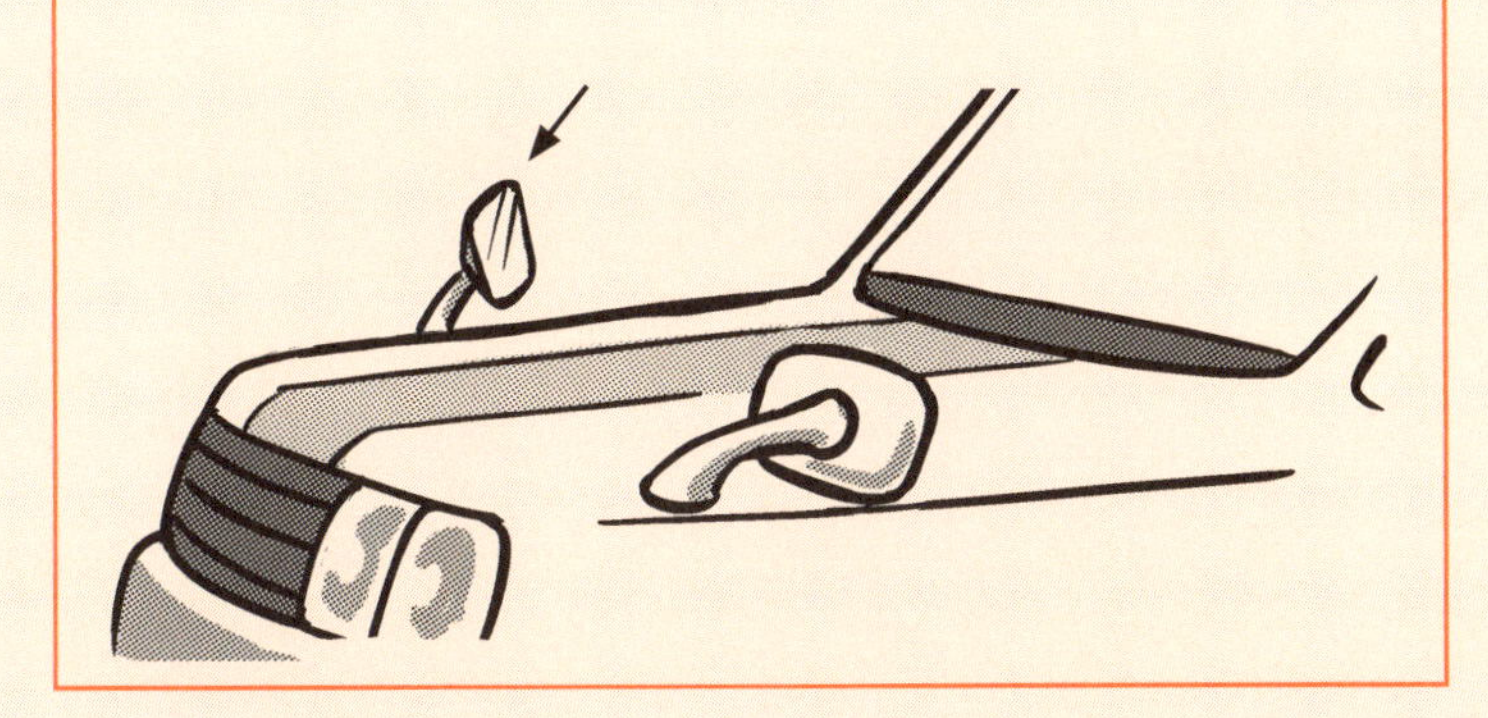

答え ANSWER 16

乗客に「運転手が道に迷ってしまっている」という誤解を与えないようにするため。

運転手は安全確認のためにサイドミラーを利用する。しかし、サイドミラーを確認するために首を左右に振る動作は、後部座席の乗客からは、「運転手が（道に迷って）周囲をキョロキョロしている」ように見えてしまい、乗客に不安を与えてしまう。そのため、ボンネットにミラーをつけ、首を振らなくて済むようにしていることが多い。

マメ知識

自動車で、運転席の隣を「助手席」と呼ぶのは、タクシーの歴史に由来している。かつて日本では、タクシーの乗客も、着物姿が多かった。着物姿では、タクシーに乗降しづらく、乗客の手助けをする必要があった。そこで、運転席の隣に「助手さん」と呼ばれる人がいて、乗降の手助けをした。このことから、「助手席」と呼ばれるようになったという。

問題 17
QUESTION

日本のお札の肖像画には、
高齢の男性が選ばれることが多い。
時代的に、そもそも、
歴史人物や偉人に
男性が多いことが理由の1つだが、
そのほかにも
男性の肖像画である理由がある。
その理由とは何か？

最近の紙幣は技術の結晶だから、
そんなに男性にこだわる必要もないと思うけど

答え ANSWER 17

高齢の男性は、ヒゲやシワなど顔の描き込み要素が多く、紙幣の偽造防止に役立つ。

お札の肖像画は、偽造防止のため、複雑で細かい線で描かれている。高齢の男性は顔にヒゲやシワなどの要素が多いため、描き込む線の数も自然に多くなる。高齢の男性をお札の肖像画に採用することで、お札の偽造をしにくくしているのである。

マメ知識

フランス革命時、ルイ16世は国外逃亡直前に捕まった。そのきっかけになったのは、豪華すぎる荷馬車などであるが、最後の決め手となったのは、顔が特定されたことであった。テレビも写真もないこの時代に、なぜルイ16世の顔が知られていたのか？　それは、国内に、ルイ16世の肖像が描かれた紙幣が出回っていたからである。

問題 QUESTION 18

公衆トイレの扉の内側には、
ジャケットやハンドバッグを
かけるためのフックが
つけられていることがある。
そのフックの中には、
「上が長く、下に短いフック」
という二重になったものがある。
それは何のためか？

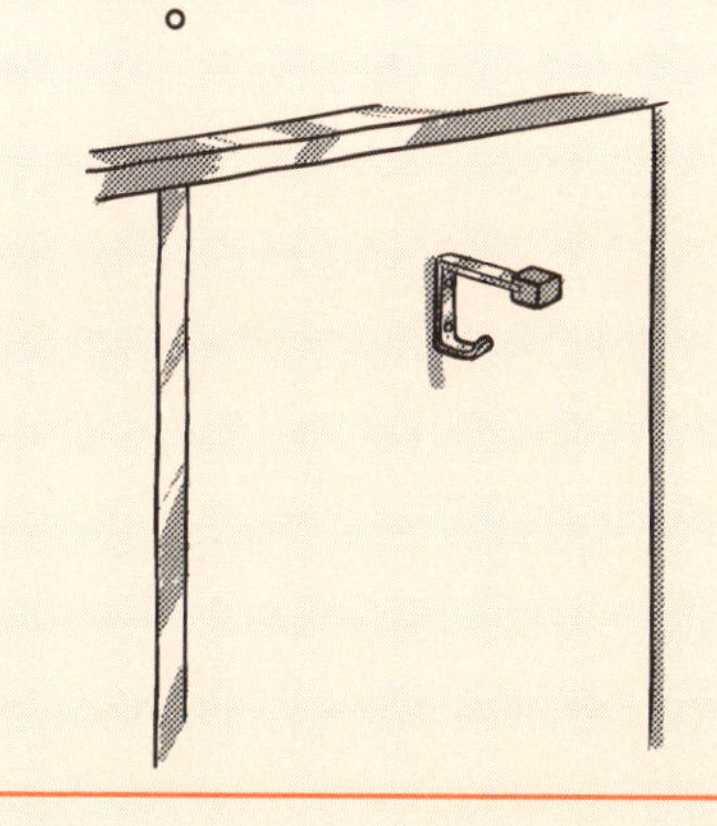

答え ANSWER 18

トイレの外からフックにかけたものを盗むことを防止するため。

公衆トイレの個室には、天井がなく、上部が開いているものが多い。そのため、外から手を伸ばして、トイレの内側にかかっている服や荷物を盗もうとする者もいる。二重になったフックの上の（長い）段に荷物をかけてしまうと、外から盗めてしまうが、下の（短い）段にかけると、それを防ぐことができるのだ。

マメ知識

マナーの世界標準である「プロトコールマナー」では、トイレのノックの回数は「2回」と決まっている。ちなみに、ドアのノックの回数は、家族や友人など親しい間柄（あいだがら）では3回、正式な場では4回である。「4回」は、ベートーヴェンの「運命」の出だし（運命のトビラを叩く音）である「ジャジャジャジャーン」に由来するとする説もある。

問題 19
QUESTION

学校では、一般的な教室のイスには背もたれがあるのに、理科室のイスには背もたれがない。その理由は何か？

あたしたちの部室のイスも、背もたれの
ないものに替えるべきね！

答え ANSWER 19

実験などで、事故が発生したときに逃げやすくするため。

火や薬品を使うことが多い理科室は、一般の教室よりも危険が多い。そのため、実験の途中で火が近くの物に燃え移ったり、薬品がこぼれたりしたとき、とっさに机から離れやすいよう、背もたれのないイスが使われている。また、避難(ひなん)の際に、背もたれがないほうが通路が確保しやすいという理由もある。

マメ知識

カーテンは、床から天井にまで届く長さのため、火災が起こったときに天井まで火を伝わせてしまう、最も危険な家具のひとつである。また、顕微鏡を使う実験などでは、直射日光によって見えづらくなることもある。そのため、理科室では、黒色など遮光性(しゃこうせい)のある、防炎カーテンが使われることが多い。

問題 QUESTION 20

排水管(はいすいかん)は、U字型やS字型に曲がっている。それはなぜか？

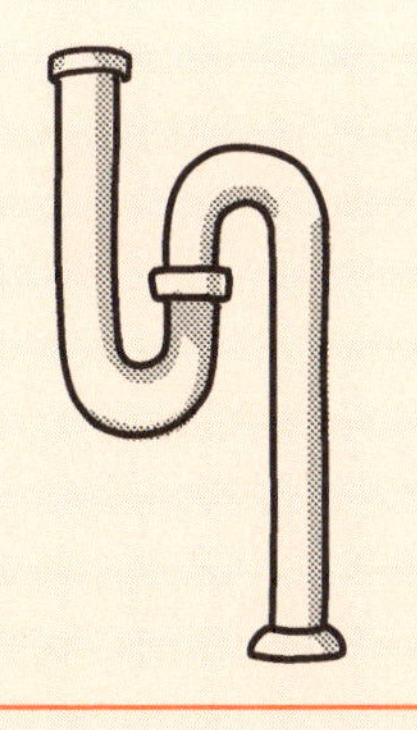
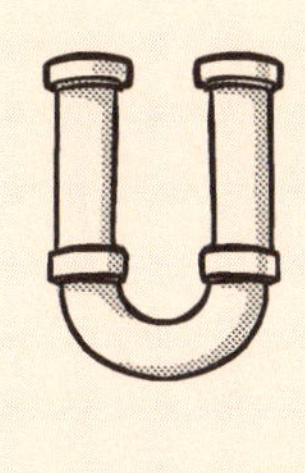

答え ANSWER 20

曲がった部分に水をためて、害虫やネズミを侵入させないため。

排水管をくねくねと曲げておくと、水道から水が流れていなくても、曲がった部分に一定量の水がたまる。その水がフタの役割となり、下水道から害虫やネズミが侵入したり、悪臭が上がってくるのを防ぐことができるのである。

マメ知識 

排水管の中にたまって、虫や小動物の侵入を防ぐ役割を果たす水のことを「封水（ふうすい）」という。しかし、排水管が「S字」や「U字」になっていても、下水道から虫などが這（は）い上（あ）がってくることがある。その理由は、たとえば長期間家を不在にしたり、夏の暑い日に気温が高かったりしてなど、さまざまな理由で封水が蒸発（じょうはつ）してしまったためである。

問題 QUESTION 21

アジやサバは、背中側が青く、お腹側が白い。その理由は何か？

ペンギン、シャチ、パンダ、バク、シマウマ、トラ…
自然界にはツートンカラーが多いな…？

答え ANSWER 21

海面近くを泳ぐことがあるアジやサバは、空と海の両方の敵から身を守る必要があるため。

アジやサバが海面の近くを泳いだときには、海鳥に狙われやすい。海は空からは青く見えるので、背中の青色は保護色となって身を守ってくれる。また、水中から海面を見上げると、太陽が射して白く見えるが、アジやサバのお腹の白色は、太陽光に同化して、アジやサバを水中から狙う大きな魚から見つかりにくくする効果がある。

マメ知識

ペンギンの「白・黒」のツートンカラーも、実は保護色。「白銀世界で黒は目立つのでは？」と思うかもしれないが、陸上にペンギンを狙う者はなく、それは魚類と同様、水中での保護色になっている。同じ白黒のシャチも保護色だが、それは捕食するための保護色。「白・黒」のような強いコントラストは、個体を認識させづらくする効果もあるという。

問題 QUESTION 22

かつてサッカーボールは
茶色だったが、その後、
白と黒の2色構成が
一般的となった。
その理由は何か？

答え ANSWER 22

モノクロ画面のテレビで観戦するには、白黒のボールのほうが見やすいから。

昔のテレビは、白黒の画面だった。サッカーの試合がテレビで放送されるようになると、(モノクロ画面の場合) 茶色一色のサッカーボールはグレーに映るため、背景と同化してしまい、ボールが見えづらかった。そこで、ボールをコントラストの強い白と黒のデザインに変更し、モノクロのテレビでもボールの動きが分かりやすくしたのである。今は、さまざまな色のボールがある。

マメ知識 

サッカーボールの色だけではなく、サッカーゴールのネットの(網目の)形も、昔と今で変化したものの一つである。かつて、ゴールの網目の形は正方形であったが、現在は六角形である。六角形のネットは、ボールがネットに突き刺さったときに、衝撃(しょうげき)を吸収して包み込むように伸びる。つまりダイナミックな「突き刺さり」を演出できるのだ。

問題 QUESTION 23

行楽地（こうらくち）や公園などにある
茶店（ちゃみせ）で売っている「花見団子」は、
3色のものが定番だが、
その「3色」には、
理由があるという。
その理由とは何か？

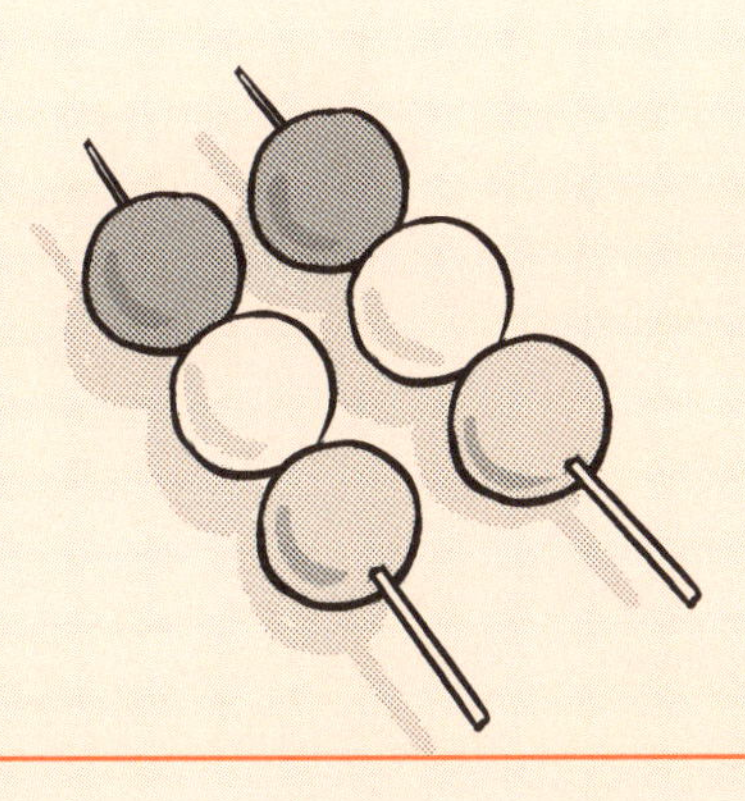

答え ANSWER

23

定番の3色の「ピンク・白・緑」は季節を表している。

お団子の3色は、「ピンク・白・緑」が一般的だが、これは、「ピンク＝桜の花＝春」「白＝雪＝冬」「緑＝木々の葉＝夏」を表している、という説がある（ほかにも諸説ある）。ではなぜ、「秋」がないかというと、「（団子の味に）飽きない」とか、「商い（商売）繁盛」とかと、これもさまざまな説がある。

マメ知識

花見団子を、3個（3色）にして、それぞれ「春・冬・夏」の色をあてはめたのは、豊臣秀吉だといわれている。一方、醤油だれの「みたらし団子」の起源となったのは、鎌倉～室町時代の後醍醐天皇だったといわれる。最初、「みたらし団子」は、5個1串が定番だったが、その後、四文銭の流通とともに4個1串になったとされる。

問題 QUESTION 24

高速道路の
長いトンネルは、
わざと、ゆるやかな
下り坂(上り坂)に
なっている。
その理由とは何か?

答え ANSWER 24

トンネル内に雨水などがたまらないようにするため。

高速で走行する高速道路では、ちょっとしたスリップ事故でも、大きな事故につながってしまう危険性がある。トンネル内の道路が平坦であった場合、湧き水(わきみず)や雨水がたまってスリップ事故の原因になる。しかし、水が自然と外に流れるように、ゆるい勾配(こうばい)をつけておくことで、事故を未然に防ぐことができるのである。

マメ知識

トンネル内の照明には、オレンジ色のものと白色のものがある。オレンジ色の照明は、比較的古くから使われている照明で、電気代が安く、排気ガスなどが充満しても見えやすいという特性があった。しかし現在では、規制により排気ガスの量が減り、より低コストの白色灯が普及していることから、オレンジ色の照明は減っている。

問題 QUESTION 25

座布団の原型とされるものは、
歴史上、「権威の象徴」として、
多くの権力者に用いられてきた。
しかし、鎌倉時代に
布でできた座布団が誕生して
広まったのには、
別の理由があった。
鎌倉時代に座布団が
使われた目的とは何か？

江東、この問題に答えられなかったら
俺の座席マットを返してくれないかな？

答え ANSWER 25

武士たちが座布団を使って敵の攻撃から身を守るため。

源頼朝が平氏を倒して始まった鎌倉時代は、武士が社会の中心だった。武力で自身をアピールするということは、一方で、いつどこで誰に命を狙われてもおかしくないということ。それは屋内も例外ではない。座布団は奇襲から身を守る盾となり、特に敵が潜みやすい床下からの攻撃を防ぐのに役立ったという説がある。

マメ知識

落語では、噺家がかわるときに、座布団をひっくり返すのがマナーで、「高座返し」という。これは、次の噺家に「新しい面に座ってもらう」という意味がある。また、大相撲においては、大番狂わせがあったときに、観客席から投げられた座布団が土俵に舞う。これは、勝った格下力士をほめるためとも、負けた横綱への落胆の気持ちからともいわれる。

問題 QUESTION 26

自動販売機の硬貨投入口の形には、縦型のものと横型のものがある。その違いは、何だろうか？

答え ANSWER 26

「飲料」は横型など、自動販売機の用途によって決まる。

自動販売機に投入された硬貨は、内部の硬貨識別機という装置を通る。縦型の投入口の場合は、この識別機まで速いスピードで到達する。そのため駅の券売機など、混雑する場所の自動販売機には縦型が採用されることが多いが、縦型の場合は硬貨識別機が大型になり、スペースが必要になる。そのため、商品をたくさん入れておく必要があり、それほど混雑の可能性がない飲料などの自動販売機では、横型が採用されることが多い。

マメ知識

ちなみに、自動販売機の取り出し口は、基本的には外開き。自動販売機の多くが、屋外の人の往来の多いところに設置されている。そのため、取り出し口を内開きにしてしまうと、雨滴やホコリ、ゴミなどが入ってきてしまう。また、内開きだと、出てきた飲料などが取り出しにくいというデメリットもある。

問題 QUESTION 27

ジュースなどの
自動販売機では、
まだ1本残っている場合でも
「売り切れ」と表示する。
その理由は何か？

答え ANSWER 27

補充が完了し販売を再開した直後でも、冷えた商品を提供するため。

自動販売機に補充するための飲料は、常温の状態で運搬されてくる。そのため、補充直後の飲料はまだ冷えて（温まって）おらず、適温で提供することができない。しかし、一本残して待機させておくことで、補充直後に買った客にも、冷えて（温かく）美味しい飲料を提供可能にしているのだ。

マメ知識

スマホの地図アプリなどを使えば、街中で今いる場所の住所はわかるが、ほかにも簡単に住所がわかる方法がある。それは、自動販売機を見ることである。自動販売機には、住所表示ステッカーが貼ってあり、その場所の住所がわかるようになっている。それは、非常事態時の通報に役立てるためのものである。

問題 28
QUESTION

日本では高度成長期に
自動車の交通量が著しく増え、
特に東京は渋滞が常態化して
社会問題となった。
人や車が多いこと以外に、
東京の道路で渋滞が
発生しやすかった理由は何か？

さすがの
徳川家康も、
400年後のこと
までは、わからな
かったわけですね

答え ANSWER 28

江戸時代からの名残で、道が直線ではなかったから。

江戸の町を作った徳川家康は、わざと道やお堀を直線につくらなかったといわれている。それは、敵が攻めてきた場合、攻めてくる敵の勢いをそいだり、鉄砲で狙われにくくするためである。そのような曲がった道では、車は減速して渋滞が発生しやすい。江戸を守るための工夫が、現代の東京では、渋滞を起こす要因として残ってしまった。

マメ知識

東京の地下鉄は、地上の道路と同様、路線が曲がりくねっている。それは、「地下権」というものがあり、勝手に他人の土地の下に地下鉄を走らせることができないからである。私有地の下を走らせる場合、土地所有者の許可を得て、使用料を払わなくてはならない。そのため、公道にそうように地下鉄を走らせた結果、路線が曲がりくねっているのだ。

問題 QUESTION 29

日本の城の敷地（しきち）には、
松の木が植えられている
ことが多い。
それらは、現代に
観光名所となって
植えられたわけではなく、
築城（ちくじょう）当時から植えられていた。
松が植えられた
理由は何か？

答え ANSWER 29

籠城戦になったとき、松の木を非常食にするため。

戦で敵に城を囲まれると、食糧の補給が難しくなる。城を守る側は、蓄えた食べ物に頼ることになるが、戦が長期に及ぶと食糧が尽きることも考えられる。実は、松の木は葉や皮、実などを食べることができる。栄養も豊富であるため、昔の日本では、松は栄養食や非常食として重宝されていた。そのため城の敷地には松が多く植えられたのである。

マメ知識

松の「松ヤニ」は、ロウソク代わりの燃焼材や、戦のときの火矢の油などにもなる。また、保存食といえば瓶詰めや缶詰が代表だが、その起源にはナポレオンがかかわっている。ナポレオンが保存食のアイデアを募集したところ、ニコラ・アペールが長期保存のための瓶詰めを発明。その後、金属製容器に食品を入れる缶詰が発明された。

問題 30
QUESTION

アメリカで、犬や猫など、
愛するペットを失った人のために、
クローン技術で
DNAからそのペットを再生させる
ビジネスをはじめた会社があったが、
結局、そのビジネスはうまくいかなかったという。
それはなぜか？
（「倫理（りんり）」の問題などは、
ここではいったん関係ないものとする）

答え
ANSWER

30

クローン再生では、毛の色や模様などが再現されないため。

「クローン」とは、人工的に生み出された、遺伝情報がまったく同じ個体のこと。ただし、猫や犬の毛の色や模様などは、その遺伝情報だけで決まるわけではない。だから、亡くなったペットのクローンも、もっている遺伝情報はまったく同じでも、見た目が全然違うこともある。そのようなクローンを、「愛するペット」とは思えない人が多かったのだろう。

「クローン」を、「見た目や性格が同じ個体を作る」ものと考えている人もいるが、それは間違い。クローンは、「同じ遺伝情報をもっている」だけなので、オリジナルが生きていく中で蓄えた記憶や性格が再生されるわけではない。つまり、「似ているけど、全然異なる個体」なのだ。クローン技術は、農作物などの品質維持で成果を上げている。

問題 QUESTION 31

ハイヒールは、16世紀のヨーロッパで、ある目的のために誕生(たんじょう)したといわれている。その目的とは何か?

イグッチ、あたしの代わりに答えること、許可する!

答え
ANSWER

31

路上の排泄物を踏まないようにするため。

昔、ヨーロッパでは、排泄物を家の窓から道路に投げ捨てることがあった。しかし、自分たちで捨てた、その排泄物を踏むことは避けたかったため、靴底の表面積が少ないハイヒールが発明され、広く普及したことが、流行のきっかけだったといわれている。

マメ知識

ヨーロッパのトイレ問題は、民衆が住む街中だけのものではなかった。豪華絢爛たるヴェルサイユ宮殿もトイレの数は少なく、大勢が集まるパーティーのときには、貴族たちが携帯おまるで用を足し、排泄物を庭などに捨てていたという。そのため、宮殿には悪臭がたちこめていた。「香水」は、その匂いをかき消すための役割も担っていた。

問題 QUESTION 32

18世紀のイギリスで出版された小説『ガリバー旅行記』には、主人公のガリバー一行が日本を訪れて、（架空の）「皇帝」に会うというエピソードがある。この時、ガリバーは、日本に上陸するためにある嘘をついた。その嘘とは何か？

「子ども向け」版だとわからないけど、『ガリバー旅行記』の原作って
俺以上にひねくれていて、とんがった小説なんだよ

答え
ANSWER

32

自分を「オランダ人だ」といつわった。

ガリバーが日本へとやってきたのは18世紀。当時の日本は江戸幕府によって鎖国をしており、唯一、国交が許可されていた国がオランダだった。イギリス人の船医（船長）であるガリバーは日本に入国することができなかったため、入国するためにオランダ人だと国籍をいつわったのである。ちなみに、作品の中で、ガリバーは「踏み絵（絵踏）」を強要されてもいる。

マメ知識 

子ども向け書籍だと、小人の国と巨人の国しか描かれないが、ガリバーは、日本をはじめ、さまざまな国を訪れ、いろいろな種族と出会っている。空に浮かぶ島ラピュータも、そのうちの1つ。また、馬の姿をした高貴な種族フウイヌムが支配する国には、人間と似ている点をもつ邪悪な種族がいる。それは「ヤフー」という名前である。

問題 QUESTION 33

セミが飛ぶとき、
おしっこをかけてくる
ことがあるのは、
「力んだ際に出てしまう」
という説が強いが、
ほかにも説がある。
それは、どのような説か？

「最後っ屁」みたいに、最後の一撃をしてきているんじゃないんですか!?

答え ANSWER 33

体重を軽くして、いち早く逃げるため。

セミは木にとまっている時に、木の汁を吸って多くの水分を摂取している。そのため、おしっこの頻度も高い。身の危険を感じた時には、少しでも体重を軽くするために、体内の水分を、おしっことして一気に排泄する。できるだけ身軽に動き、より早く飛んで逃げようとするセミの工夫が、おしっこなのである。

マメ知識

セミは、3〜17年ほど地中で生活し（種類によって異なる）、地上に出て1週間〜1ヵ月ほどで寿命を終える。セミの中で鳴くのはオスだけで、メスは鳴かない。オスが鳴くのは、メスにアピールするため。ちなみに、イソップ物語の「アリとキリギリス」は、もともとは「アリとセミ」であった。ただし、セミの寿命は、アリよりはるかに長い（女王アリを除く）。

問題 QUESTION 34

日本の学校では、
教室の窓は必ず
生徒から見て
左側にある。
その理由は何か？

考えるまでもなく、
みんなが体験から
わかる問題ね

答え ANSWER 34

手の影がノートにかかって書きにくくならないようにするため。

生徒の多くは右利きのため、右側に窓があると、射し込む光がペンを持つ右手に当たって、文字を書いている側に影ができてしまう。左側に窓があれば、影はノートと反対側へと落ちるので、ノートが見やすく（書きやすく）なる。そのため、日本では、明治時代に、学校の教室では左側に窓を配置するようにとの基準が定められた。

マメ知識

教室に入ってくる光の問題は、「黒板は、緑色をしているのに、なぜ黒板と呼ぶか？」にもかかわっている。当初、黒板は、文字通り黒かった。しかし、墨汁（ぼくじゅう）やウルシを塗って作られた黒板は、「光を反射して見づらい」という欠点があった。そこで、技術の進歩により、光を反射しづらい緑色の塗料が開発され、「緑色の黒板」となったのだ。

問題 QUESTION 35

多くの板チョコで
表面に凹凸（おうとつ）があるのは、
割りやすくするためではなく、
別の理由がある。
その一つは
強度を高めるためなのだが、
もう一つの重要な
理由とは何か？

答え ANSWER 35

表面積を広くすることで、短時間で固まりやすくするため。

チョコレートを製造するときは、品質管理上、できるだけ早く冷やして固めることが望ましい。板チョコで溝を作るのは表面積を増やすためである。溝の凹凸のお陰でチョコレートと型が接する部分が増え、真っ平な形よりも短時間でチョコレートを冷やして固めることが可能になるのである。

マメ知識

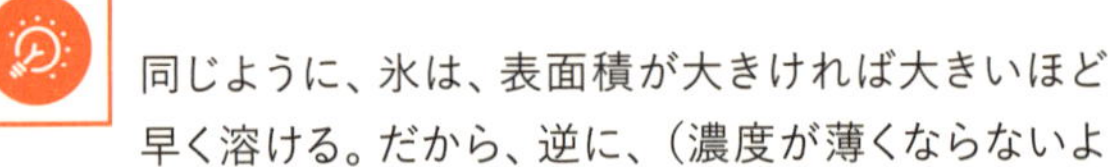

同じように、氷は、表面積が大きければ大きいほど早く溶ける。だから、逆に、(濃度が薄くならないようにするために) 氷をゆっくり溶かしたいウィスキーなどでは、表面積を小さくするために、ボール状の氷が使われたりもする。また、氷の中に、空気やミネラルなどの不純物が入っていると、氷は溶けやすくなる。

問題 QUESTION 36

マンホールのフタは、ほとんどが丸い形である。それはなぜか？

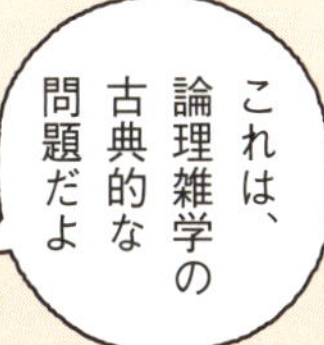

これは、論理雑学の古典的な問題だよ

答え ANSWER 36

円形であれば、フタがずれたときに穴（あな）にフタが落ちてしまうおそれがないから。

たとえば正方形の場合、一辺の長さは、対角線よりも短い。このように、四角や三角のフタの場合、ずれる向きや角度によっては穴の長さより幅が小さくなってしまい、落下する可能性がある。円形ならば、どの向きでも直径は変わらないため、落下するおそれはない。

マメ知識

上記は、安全面からの理由であるが、利便性の点の理由もある。たいていの場合、マンホールのフタは重い金属でできている。そのため、運搬（うんぱん）するのも一苦労である。しかし、フタが円形であれば、車輪のように転がして運搬することができる。ちなみに、東京都の下水道の総延長は、東京－シドニー（オーストラリア）の往復と同じくらいだという。

問題 QUESTION 37

世界中で、ウインナーに
切れ目を入れて食べるのは
日本だけだといわれている。
日本でウインナーに
切れ目を入れるのはなぜか？

もしかしたら、タコさんウインナーは、それを究極まで つきつめた 形なのかもね

答え ANSWER 37

箸でつかんだときに、滑りにくくするため。

ウインナー発祥の地であるドイツを含め、ヨーロッパではウインナーに切れ目を入れる習慣はない。日本では食事にフォークだけではなく箸も使うが、ウインナーを箸でつかもうとすると、油で滑ってつかみにくい。そこで、切れ目を入れることでつかみやすくしたのが始まりだという説がある。

マメ知識

ウインナーとソーセージの違いは何だろうか？「塩漬けされた挽き肉を、味つけして腸の中につめ、加熱して作られた加工品」の総称がソーセージ。ウインナーは、その中でも、太さが20ミリ未満のものを指す（正式には「ウインナーソーセージ」）。ちなみに、太さが20ミリ〜36ミリのものは「フランクフルト（ソーセージ）」という。

問題 QUESTION 38

レストランや喫茶店にある円筒形の「伝票立て」には、上部が斜めにカットされた独特な形をしているものが多い。その理由は何か？

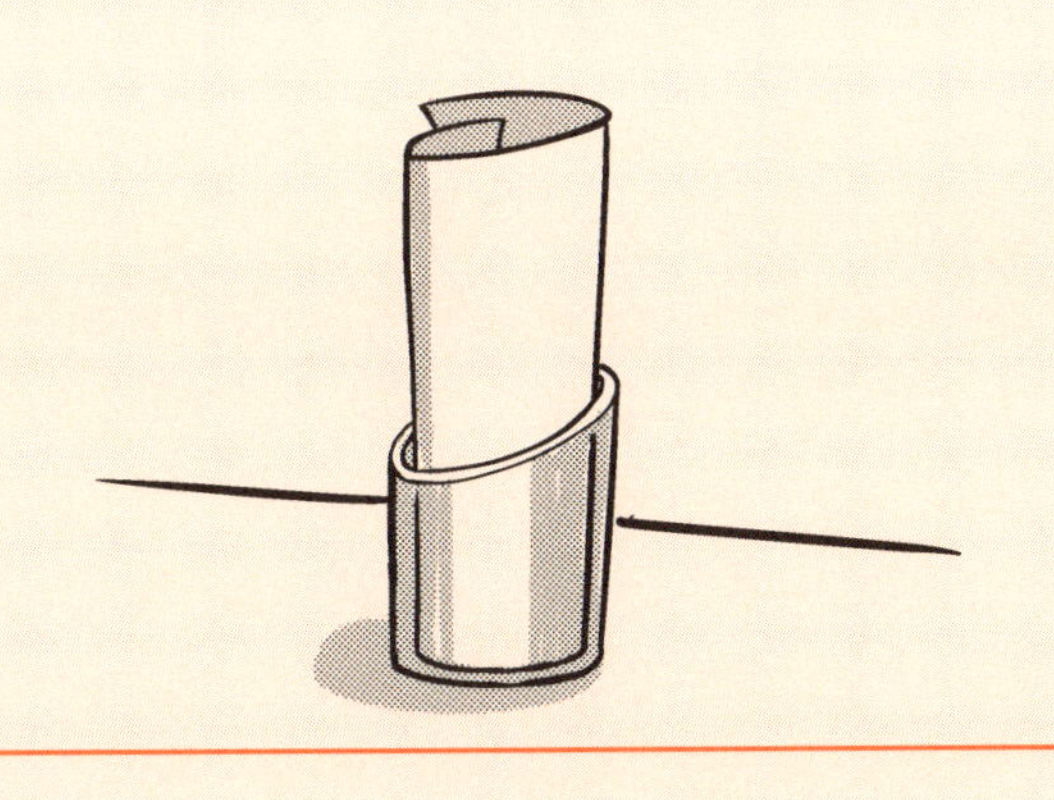

答え ANSWER 38

倒れたり、落ちたりしても、コロコロと転がらないようにするため。

レストランや喫茶店のテーブルで見かける「伝票立て」には、上部が斜めにカットされた形をしているものがある。これが、ただの円筒形だった場合、うっかり倒してしまったときにコロコロと転がってテーブルから落ちたり、遠くまで床を転がってしまう可能性がある。そこで上部を斜めにカットすることで、左右の重さの違いにより重心が偏り、転がらないようにしている。

マメ知識

カラオケなどに使うハンドマイクでも、手で持つ柄の部分や、集音のための球状の部分に、リングがついていることがある。これも、マイクがコロコロ転がって床に落下してしまうことを防ぐためのものである。ちなみに、漫才師たちが愛用するSONY社製のスタンドマイクは、通称「サンパチマイク」と呼ばれ、収音範囲が広いものである。

問題 QUESTION 39

パック入りの「お茶漬(ちゃづ)けの素(もと)」には、
「あられ」入りの
商品が多い。
元々この「あられ」には、
味や食感以外に
ある重要な役割があった。
その役割とは何か？

答え ANSWER 39

お茶漬けの素が湿気るのを防ぐ役割。

お茶漬けの素の発売開始は昭和20年代。当時は、袋を完全密閉する方法が確立されておらず、流通の途中で中身が湿気てしまうことがあった。そこで、乾燥剤の役割ができる「あられ」を入れるようになったのである。現在では乾燥の心配はなくなったが、香ばしさや歯ごたえが好評のため、引き続き「あられ」を入れた商品が多い。

マメ知識

「お茶漬け」は、ゴハンにお湯をかけて食べるものだが、なんと饅頭にお湯をかけて食べていたのが、明治の文豪の森鷗外である。鷗外は「軍医」としての顔ももち、衛生学の専門家であった。そのため、細菌恐怖症になってしまい、滅菌するために饅頭にお湯をかけたという。ちなみに、刺身も果物も、火を通して食べたという。

問題 QUESTION 40

歯医者さんでは、よく、手をあげて
「痛かったら、手をあげて教えてください」
と言われるが、
痛くて手をあげたとしても、
治療を中断するわけではない。
それはなぜか？

答え ANSWER 40

治療器具が神経に届いたかを知り、対策を考えるためのお願いだから。

歯の神経に対する刺激は、人間が感じる痛みの中で、もっともつらいものの1つである。だから、歯の治療は、細心の注意を払って行われるが、神経付近では、より慎重な治療が必要となる。そのため、今、治療器具が神経のそばまで達しているのかを知り、対策を考えるために、歯科医は、「痛かったら〜」の決まり文句を伝えるのだ。

マメ知識

虫歯などの治療で、（虫歯が神経まで達している場合などは）歯の神経を抜かなければいけないことがある。歯の神経が通っている「歯髄」とよばれる部分には、①（血管が）栄養と水分を補給する、②細菌から歯を守る、③「痛み」という形で警報を鳴らすなどの役割がある。そのため、神経を抜くと、歯の寿命は短くなる、といわれている。

問題 QUESTION 41

ファミリーレストランの
ドリンクバーなどでは、
1台の機械から
何種類かのジュースが出てくる。
このとき、ジュースがそのまま
出てくるのではなく、
シロップと、水や炭酸水が
別々の注ぎ口から出て、
コップ内で混ぜ合わせる
仕組みになっているものが多い。
それはなぜか？

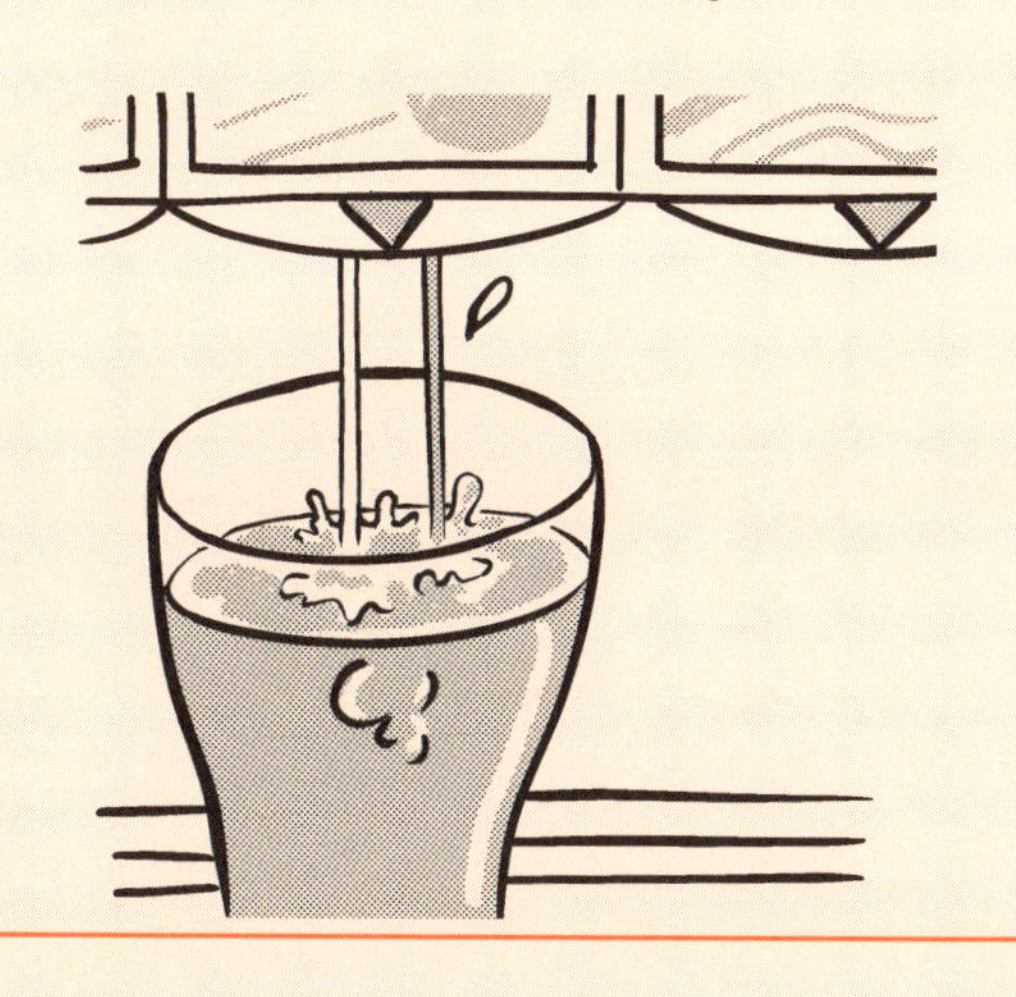

答え ANSWER 41

完成したジュースよりも、濃縮したシロップの状態のほうが、多くの量を貯蔵しておけるから。

ドリンクバーの機械の中に、何種類ものできあがった飲料をためておこうとすると、かなりの容積が必要となる。そこで、濃縮したシロップとしてタンクに入れることで、多くの量を貯蔵することが可能になる。割るための水や炭酸水は、水道水をろ過したもので、客が飲む時に適量を注ぎ口から出して、省スペースを実現しているのである。

マメ知識

スーパーなどで販売しているジュースで、「濃縮還元」と記されたものも、考え方は同じ。たとえば原材料であるフルーツなどを、そのまま海外から輸入しようとすると、重さや大きさによって、輸送コストがかかってしまうし、原材料が傷んでしまう。そこで、加熱によってしぼった果汁の水分を飛ばすことで軽く、保存しやすくし、日本に到着後にふたたび水を加えるのである。

問題 QUESTION 42

日本では、江戸時代から、
人々は習慣的に
道の左側を歩いていた。
一方、世界の主流は、
右側通行である。
日本で、江戸時代に
左側通行が定着した理由は何か？

「江戸時代」といえば「侍」。「侍」といえば？簡単な三段論法だね

答え ANSWER 42

武士が、腰の左側に差した刀を、すれ違うときにぶつけないため。

道の整備が進んだ江戸時代、刀を腰に差した武士が町の中を大勢歩いていた。刀は利き手である右手で抜きやすいように、腰の左側に差すのがふつうだったため、道の中央や右側を歩くとすれ違った相手の刀とぶつかりやすく、争いになることも度々(たびたび)あった。そこで、刀をぶつけないようにするために、日本では左側通行が定着したといわれる。

マメ知識 

日本では、車も左側通行である。それは、日本が近代化の手本にしたイギリスが左側通行であったことが大きな理由という説がある。イギリスで車が左側通行なのは、「イギリスの馬車は左側から乗降するため」とか、「御者(ぎょしゃ)が中央に座って、ムチを右手で使ったため」などといわれる。世界では、日本とイギリスの影響下にあった国が左側通行である。

問題 QUESTION 43

かつて大海原を支配した海賊。
海賊が、トレードマーク
である眼帯をするのには、
「目のケガ」以外にも
理由があった。
その理由とは何か？

そんなの、
「カッコいい
から」の
一択だと
思うけどな……

答え ANSWER 43

緊急時に、船内の暗闇にすぐ順応するため。

海賊が活躍した時代、船内は暗闇か薄暗いのが普通だった。外の明るい甲板から船内に入った時、目が暗闇に慣れるまでに時間がかかると、緊急時には命の危険に直結してしまう。そのため海賊たちは、暗い部屋に入るとき、つけていた眼帯をもう片方の目にずらして、すぐに暗闇の中で行動できるように備えていたといわれている。

マメ知識

人間の目は、急に暗い（明るい）場所に出たときに、慣れるまでに時間がかかる（暗順応／明順応）。飛行機では、離着陸のときに事故が起こりやすいため、何かあって電気が消えたときに乗客がすぐに動けるよう、離着陸のときにはあらかじめ消灯する。トンネルの照明がところどころ消えているのも、同じく、目を徐々に明るさ（暗さ）に慣らすためだ。

問題 QUESTION 44

日本では、車道の信号機は赤ランプ（とまれ）が右側にある。それはなぜか？

答え ANSWER 44

街路樹(がいろじゅ)などに隠(かく)れて、赤信号が見えなくなり、事故が起こるのを防ぐため。

歩道と車道の間には、街路樹が植えられていることが多い。しかし万が一、街路樹が育って信号に覆(おお)いかぶさると、信号の色が見えなくなって、事故の原因になるおそれがある。そのため、安全上で一番重要な「とまれ」を示す赤を、左側通行の道路でもっとも中央寄りになる右側に配置し、そのような事故が起こるのを防いでいるのである。

マメ知識

降雪の多い地方では、道路の案内標識が道路に対して垂直ではなく、約30度に傾いている。それは、標識の表面に雪が付着して文字が読めなくなることを防ぐため（一般的な地域でも、視認性を高めるため、約3度の傾斜がある）。また、北海道では道路の中空に下向きの矢印がある（矢羽根(やばね)）。それによって、積雪していても車道の範囲がわかる。

問題 QUESTION 45

ボールペンのキャップには、ある理由から穴が開いている。その理由は何か？

長く使われている日用品って、ほんと、工夫の宝庫だよね

答え ANSWER 45

誤飲したときに窒息するのを防止するため。

ボールペンのキャップに開いた穴は、安全性を考慮してつけられている（空けられている）。それは、万が一、小さい子どもなどがそのキャップを飲み込んで喉に詰まってしまった場合でも、穴から空気が通り、窒息を防止することができる。

マメ知識

子どもたちに人気のオモチャ「トミカ」は、実際のクルマを細部までリアルに再現している。しかし、トミカには、あえて再現していない箇所もある。それは、「サイドミラー」である。クルマのサイドミラーを再現してしまうと、小さな突起物となってしまうため、子どもが手にもったり遊んだりするときに危険だからである。

問題 QUESTION 46

多くのコンビニで雑誌コーナーは道路に面した側にある。その理由は何か？

答え ANSWER 46

かつては雑誌コーナーを道路側に配置することで、客の多い活気のある店に見せていたため。

現在は、雑誌にはテープが貼(は)られ、立ち読みできないようになっているが、かつて雑誌コーナーは、立ち読みをする人がたまる場所であった。そのため、雑誌コーナーを道路側に置くことで、店外からは人が多く活気のある店舗に見せていた。また、夜間には防犯的にも安心感を演出できる。そのなごりで雑誌コーナーは、今でも道路に面して配置されていることが多い。

マメ知識

コンビニでは、「ドリンクコーナー」は店の奥にあることが多い。「飲み物（飲料）」は、コンビニでもっとも売れる商品であるため、あえて入口から遠い場所に配置し、飲料目的の客に店内を歩かせるようにしているのだ。そのお客が、ほかの商品を「ついで買い」することをねらった戦略である。

問題 QUESTION 47

デパートで人気の高い
食料品売り場は、
「デパ地下」と呼ばれ、
地下のフロアにある場合が多い。
それは、商品が搬入しやすいためという
理由もあるが、
そのほかの理由もあるという。
その理由とは何か？

思いつく答えがたくさんあるんだけど、
「搬入しやすい」の次って言ったらこれかな？

答え ANSWER 47

地下のほうが、フロアを増やしやすいから。

デパートの売上高（うりあげだか）全体に占める食料品の比率（ひりつ）は、年々高まっているといわれている。しかし、食料品売り場のフロアを増やしたいと思っても、建物の地上部分を拡大することは簡単ではない。そこで、売り場や倉庫の面積を広く確保しやすくするために、下にフロアをのばしやすい地下に食料品売り場があるのだ。

マメ知識

食料品売り場が、デパートの地下にあるのには、ほかに、「食品のにおい」が、他の商品にも影響を与えてしまう、という理由もある。また、都市のデパートは、地下鉄の出入り口と接続していることも多いため、デパートの中に客を引き込むために、人が集まりやすい「食料品売り場」を設置している、とも。

問題 QUESTION 48

さまざまな改革を行った
秦の始皇帝の改革の1つに、
「車幅（車輪の幅）の統一」
があるが、
それは何のために
行われたか？

始皇帝って、
よく知らない
けど、この前、
イグッチに
「江東先輩は、
始皇帝みたいだ」
って言われたのよね。
どういう意味だろ？

答え ANSWER 48

車幅が異なると、轍（車輪のあと）にはまってしまい、馬車にとって危険だから。

現代のアスファルトで舗装された道路とは異なり、昔は轍（車輪のあと）が土に刻まれた（特に雨が降って泥道になったときにできた轍が乾いたときなど）。そのとき車輪の幅（車幅）が違っていると、馬車が転倒してしまう。そのため、車輪の幅（車幅）を統一して、（あたかもレールの上を走る電車のように、）馬車が転倒することを防いだのである。

マメ知識

文字、貨幣、度量衡（長さ、重さなどの計量単位）の統一、万里の長城の整備などを行った秦の始皇帝であるが、歴史に悪名を残しているのは、「焚書坑儒」であろう。「焚書」は、書物を焼くこと。「坑儒」の「儒」は「儒学者」のことであるが、坑の字は「抵抗」の「抗」ではなく、「坑」である。これは「穴」のことで、儒学者を生き埋めにしたのである。

問題 QUESTION 49

ビンや紙パックの牛乳はあるのに、ペットボトルの牛乳がないのはなぜか？

それって、ありそうでなかったビジネスの盲点なんじゃ…
だとすると、大きいビジネスのチャンスかもしれないぞ…

答え ANSWER 49

牛乳は腐りやすいため、ペットボトルは向いていないから。

牛乳は栄養価が高く、他の飲料より腐りやすい。ペットボトルは開封後に常温で持ち運びされることが多いため、牛乳には向いていない。また、ペットボトルは、直接口をつけて飲まれることも多い。口をつけて飲むと、飲み口から口内の菌（きん）が入り込んで増殖（ぞうしょく）し、食中毒などの危険も伴う。そのため、ペットボトル入りの牛乳はほとんど作られていない。

マメ知識

チーズやバターは黄色いのに、牛乳が白いのはなぜか？　それは、牛乳の中のタンパク質や脂肪（しぼう）の微粒子（びりゅうし）が光を乱反射して白く見せているのだ。ホッキョクグマが白く見えるのも同じ理由。ホッキョクグマの毛は中が空洞（くうどう）のため、光が乱反射して白く見える。雲や雪が白く見えるのも同様。光が「乱反射」すると、モノは白く見えるのである。

問題 50
QUESTION

信号機や電柱の胴体部分には、表面がブツブツの突起状をした金属板やゴムなどが巻かれていることが多い。それらは、どのような目的のものか？

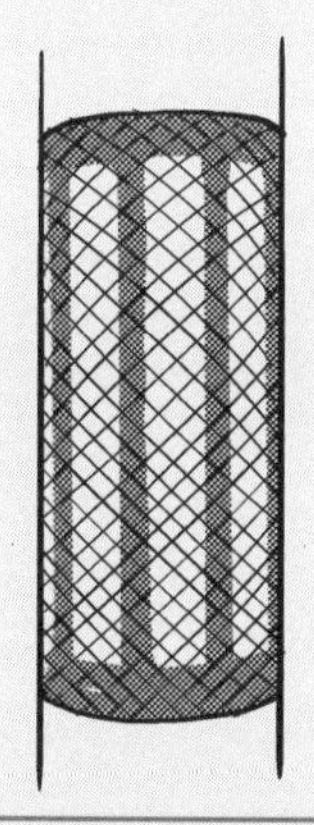
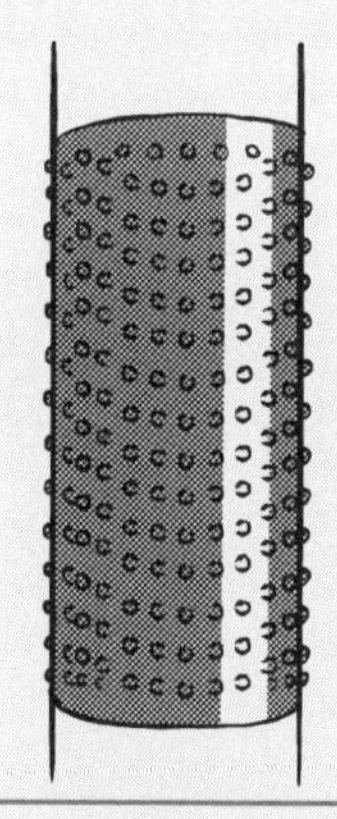

答え ANSWER 50

無許可の貼り紙が貼られるのを防止したり、はがしやすくするため。

信号機や電柱は車や通行人が行き交う場所に設置されていることから、人目につきやすく、チラシや貼り紙を無許可で貼られてしまうことが多い。そこで、表面をブツブツにしたゴムなどを巻くことで、貼り紙が貼りにくくなるほか、接地面を少なくすることで、万が一貼られてしまっても、はがしやすいように工夫している。

マメ知識

日本にある電柱の総数は、約3600万本。童話作家の宮沢賢治は、この無数に並ぶ電柱を軍隊の行進になぞらえ、電柱が巨人のように動き出す、「月夜のでんしんばしら」という作品を書いている。ちなみに、電柱が先端にいくほど細いのは、固定した器具が落ちないように、ともいわれる。また、電柱の内部は軽量化のために空洞になっている。

問題 QUESTION 51

お札の表に印刷されている数字とアルファベットの組み合せを「記番号（きばんごう）」という。「記番号」には、使われないアルファベットが2つある。何と何か？

答え ANSWER 51

「I」と「O」

「記番号」はお札の背番号のようなもので、同じ種類のお札には、すべて違う記番号が印刷されている。現在のお札でもし同じ組み合わせがあれば、それはどちらかが偽札(にせさつ)ということになる。アルファベット26文字のうち、「I（アイ）」と「O（オー）」は、数字の「1」と「0」に間違えやすいため、「記番号」に使わないことになっている。

マメ知識 

一般的なカラー印刷では、C（シアン）、M（マゼンタ）、Y（イエロー）、K（キープレート／スミ）という4色のインクの配合でさまざまな色を表現する。しかし、紙幣に使われているインクは、オモテ面だけで「十数色」にもなる（旧紙幣の場合）。この微妙な色合いは再現が難しく、偽造を防ぐことができる。

問題 QUESTION 52

関西では、観光バスは移動のときに、番号の大きい号車から出発するという。それはなぜか？

答え ANSWER 52

後ろに何台バスが続くか、対向車にわかりやすくするため。

見通しの悪い狭い道で、大きな観光バスと立て続けにすれ違うと、対向車のドライバーは、あと何台バスが続くのかわからず不安になる。そこで、（おもに関西では）番号の大きい号車から先に走ることで、後ろのバスの台数を暗に対向車に伝え、ドライバーの不安やストレスを軽減しているのである。

マメ知識

小説などにおいて、複数の作者の作品を集めた構成を「オムニバス形式」とよぶが、「バス」の語源も「オムニバス（さまざまな人が乗る、乗合馬車）」。現在、自動車に乗るときにはシートベルト装着が義務づけられているが、乗車定員11名以上の路線バスには、シートベルト設置、装着の義務がない。

問題 QUESTION 53

車がほとんど走っていないような離島（りとう）でも、信号機が設置されていることがある。信号機を使う機会は、あまりなさそうに思えるが、それは何のためだろう？

こういうことって、本当に大切なことよね

答え
ANSWER

53

その島の子どもたちが、信号機のルールに慣れるため。

離島では交通量がとても少ないので、信号機がなくても、都会ほどの危険はない。しかし、信号を守る習慣がないと、島を出たときに、事故に遭う可能性が高くなってしまう。離島にある信号機は、島で生まれ育った子どもたちが、島の外に出たときに、交通ルールを守るために設置されているのだ。

マメ知識

信号や横断歩道のルールは、全世界共通ではない。たとえばアメリカでは、赤信号であっても、「右折」ならば許される。またシンガポールでは、横断歩道において、歩行者ではなく自動車が優先である。そのシンガポールでは、半径50メートル以内に横断歩道があるのにそれを使わずに道を横断すると、初犯で50ドルの罰金が課されることがある。

問題 QUESTION 54

毎月22日は ショートケーキの日。 どういう理由で 定められたか？

記念日って、ダジャレが多いけど、
これは、もっとひねらないとわからないよ！

答え ANSWER 54

カレンダーでは、22日の上に15日(イチゴ)があることから。

日本でショートケーキといえば、白い生クリームの上にイチゴが乗った「イチゴショートケーキ」が定番だ。そして、カレンダーを見ると22日の一列上には、ちょうど1週間前の15日がある。15日はゴロ合わせで「イチ・ゴ」。このことから、15日が上にある22日を、(イチ・ゴを乗せた)「ショートケーキの日」としているのである。

マメ知識

ショートケーキの「ショート」は、「短い」という意味ではなく、「サクサク」といった意味をもつ。アメリカでショートケーキとは、サクサクしたビスケットでイチゴとクリームを挟んだものである。日本の、スポンジの間にクリームを挟み、表面もクリームで覆(おお)うスタイルの「ショートケーキ」は、大正時代に不二家(ふじや)が広めた、という説がある。

問題 QUESTION 55

天体望遠鏡の性能は、レンズの大きさや、レンズの加工の精度などで決まる。また、観測の質を変える外的要因には、大気量のゆらぎなどがある。そのため、天文台は高地に作られることが多い。

１９９０年、高い精度で天体観測をする、とある望遠鏡が作られた。

それは、どんな望遠鏡だったか？

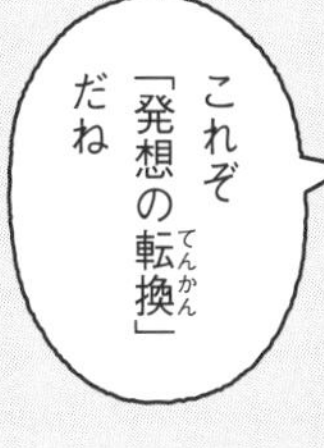

答え ANSWER 55

大気圏外（宇宙）に浮かんで観測する、ハッブル宇宙望遠鏡が作られた。

地球上に設置された天体望遠鏡は、すべて大気や天候の影響を受けてしまう。そこで、地上から約600キロメートルの軌道上を周回する、ハッブル宇宙望遠鏡が打ち上げられた。「大気の影響で望遠鏡の精度が落ちるなら、大気の影響を受けない宇宙に望遠鏡を置く」という発想である。ハッブル宇宙望遠鏡によって、宇宙の謎にせまる、さまざまな発見がなされた。

マメ知識

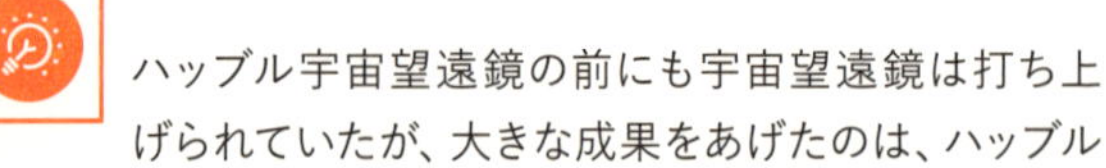

ハッブル宇宙望遠鏡の前にも宇宙望遠鏡は打ち上げられていたが、大きな成果をあげたのは、ハッブル宇宙望遠鏡が最初である（ハッブル宇宙望遠鏡は、現在も稼働している）。2021年に打ち上げられた、ジェイムズ・ウェッブ宇宙望遠鏡は、ハッブル望遠鏡の2倍以上の口径の主鏡をもち、100億光年離れた天体の赤外線もキャッチするという。

問題 QUESTION 56

「日の出、日の入り」とは、
太陽の上端(じょうたん)が地平線に
かかった瞬間の時刻である。
では「月の出、月の入り」は、
地平線に月のどの部分が
かかった瞬間の時刻のことか?

これは、科学の問題？
それとも、古文の問題？

答え ANSWER 56

月の中心が地平線にかかった時刻。

「日の出・日の入り」の時刻は、太陽の上端が地平線と重なった瞬間、つまり日の出は太陽が少しでも姿を現した時であり、日の入りは太陽が完全に隠（かく）れた時となる。しかし、月には「満ち欠け」があるので、必ずしも上端が輝いているとは限らない。そのため、月の中心が地平線にかかった時刻を、「月の出・月の入り」の時刻としている。

マメ知識 

月は約30日周期で地球から見た形が変わるが、それぞれに名前がある。おもな呼び名（周期）は、以下の通り。新月（1日）、三日月（3日）、上弦（じょうげん）の月（7日）、十三夜月（じゅうさんやづき）（13日）、満月（15日）、十六夜月（いざよいづき）（16日）、立待月（たちまちづき）（17日）、寝待月（ねまちづき）（19日）、更待月（ふけまちづき）（20日）、下弦（かげん）の月（23日）、有明月（ありあけづき）（26日）、三十日月（みそかづき）（30日）。

問題 QUESTION 57

ホテルのベッドには
家庭用のものと異なり、
脚がないものが多い。
その理由は何か？

答え ANSWER 57

床との隙間がない分、清掃時間を短縮できるため。

床との隙間をなくすことで、ベッドと床の隙間の埃を掃除する必要がなくなり、清掃にかける時間を短縮することができる。また、宿泊客が何か小物を落としたとき、ベッドと床の隙間に入り込まないように、といった配慮でもある。

マメ知識

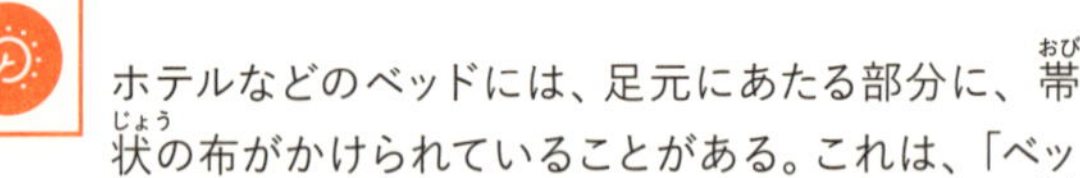

ホテルなどのベッドには、足元にあたる部分に、帯状の布がかけられていることがある。これは、「ベッドスロー」と呼ばれるもの。土足でベッドに横たわったときに寝具が汚れるのを防ぐ目的がある。ただし、日本では靴を脱ぐ習慣があるので、「ベッドメイキングが終わった」ことを示す目的がある。

問題 58
QUESTION

1979年にソニーが開発した
「ウォークマン」は、
持ち運びできて、
ヘッドホンで音楽を聴ける装置として、
世界中で大ヒットした製品である。
しかし発売当初、イタリアでは
あまり人気がでなかったという。
それはなぜか？

答え ANSWER 58

イタリアでは、「音楽を一人で楽しむ」という習慣が定着しなかったから。

イタリアの人々にとって、音楽とは皆で共有しながら楽しむものであり、一人で聴くものではなかった。ウォークマンの「自分の好きな音楽を持ち運び、誰にも邪魔(じゃま)されず、いつでもどこでも楽しめる」という特長は、当時のイタリアの文化には合わなかったのである。

マメ知識

「ウォークマン」は、ソニー製品の商標で、和製英語である。当初、和製英語では伝わらない、という考えから、「サウンドアバウト（アメリカ）」「ストウアウェイ（イギリス）」など、現地に合わせた商品名にしていたが、外国人が日本で買った「ウォークマン」という名前を自国で広めていたため、海外でも「ウォークマン」に統一したという。

問題 QUESTION 59

ボウリング場で貸し出される
シューズは、
盗難防止のために
昔からある工夫がされている。
どのようなものか？

答え
ANSWER

59

あえて、カッコよくないデザインの靴にしている。

ボウリング場では、レーンを傷つけないように、専用のシューズに履き替えなくてはいけない。しかし日本でボウリングが流行り始めた昭和時代、貸し出したシューズの盗難が相次いだ。そこで、わざとカッコよくないデザインに変えたところ、ボウリング場の備品であることが判別しやすくなったこともあり、盗難防止に効果を発揮した。

マメ知識

ボウリングの起源は古く、紀元前5000年くらいまでさかのぼるといわれている。当初、ピンの置き方はバラバラだったが、それを「9本を菱形に並べる」と統一したのは、「宗教改革」で有名なルターだという（現在は、10本を三角形に並べる）。ボウリングが五輪競技にならないのは、設備にお金がかかり参加できない国も多く、平等ではないから。

問題 QUESTION 60

スーパーの中には、
店内の掲示板（けいじばん）に
子どものいる家庭に役立つ、
ある情報を貼（は）っている
お店があるという。
その情報とは何か？

答え

ANSWER

60

地域の学校の給食の献立表。

子どものいる家庭では、夕食のメニューが学校給食とかぶってしまう事態がしばしば起こる。スーパーに近隣の小中学校の献立予定表が貼ってあれば、食材を買う前にお店で確認できるので、夕食の献立が同じになることを防ぐことができるのだ。子どもにはわかりづらいが、日々の献立を考えるのにも、いろいろと苦労があるのだ。

マメ知識

学校給食で牛乳類が出されるようになったはじまりは、戦後の脱脂粉乳だといわれている。脱脂粉乳は、栄養価にすぐれ、戦後の子どもたちの健康維持に貢献した。その後、1950年代に制定された「学校給食法」で、「給食では牛乳をださなくてはいけない」と正式に定められた。ちなみに、200㎖の牛乳のタンパク質は、卵1個分と同等である。

問題 QUESTION 61

レバーハンドルの水道の蛇口は、
普及当初は、
「レバーを上げると
水が止まるタイプ」と、
「下げると水が止まるタイプ」
の両方があった。
しかし1990年代から、
下げると水が止まるタイプに
統一されていったという。
下げ止め式が選ばれた
理由は何か？

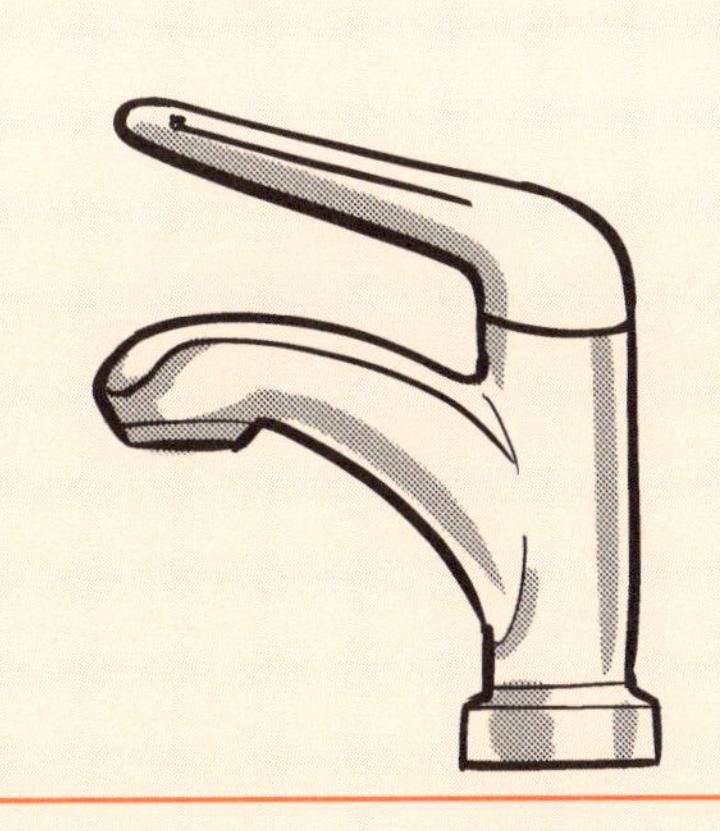

答え
ANSWER

61

物が落下してレバーに当たったとき、水が出っぱなしにならないようにするため。

異なるタイプが混在していると利用者が混乱するため、業界で統一化が検討された。上げて止めるタイプの場合は、地震で上から物が落ちてきたり、誤って手をついたりした時に水が出しっぱなしになってしまう。下げた時に止水するタイプのほうが安全性に優れていると考えられ、採用されることになったのである。

マメ知識

地球に存在する水の総量は、約14億㎦といわれる。これは、ひとつのかたまりにすると、日本の本州より少し長いくらいの直径の球体にあたる。ただし、そのうちの約97％が海水。残りの約３％の淡水も、大部分が南極・北極の氷や氷河として存在しているため、使える状態ではない。人が利用できる水は、わずか「0.01％」にすぎない。

問題 QUESTION 62

日本茶の湯呑(ゆの)みには、
コーヒーカップや
ティーカップのような
取(と)っ手(て)がついていない。
それはなぜか？

答え ANSWER 62

日本茶は、湯呑みを手で持てるくらいの温度が適温とされているから。

コーヒーや紅茶をいれるお湯は、90〜100℃が適温のため、取っ手がないと熱くてカップを持つことができない。一方、日本茶の場合は70〜80℃前後でいれるのが最もおいしいとされている。その温度なら、飲むときに湯呑みを手で直接持っても熱くはないので、日本茶の湯呑みには取っ手が必要ないのだ。

マメ知識

日本の緑茶、中国のウーロン茶、イギリスの紅茶は、色も味も香りも異なるが、材料になっているのは、すべて同じツバキ科の茶葉である。ただし、それぞれ、発酵の度合いが異なる。発酵が進むにつれ、茶葉の成分であるカテキンが酸化して赤くなる。つまり、「緑茶→ウーロン茶→紅茶」の順で発酵が進んでいるのだ。

問題 63
QUESTION

貨幣（かへい）は、年によって製造される枚数が異なる。昭和30年から平成28年の間で、1円玉がほかの年より多く製造されたのは、平成2年（28億枚）、平成元年（24億枚）なのだが、なぜその年に、多く製造されたのか？

経済の問題って、俺の最も得意なジャンルですよ
なめられたもんですね、俺も…

答え
ANSWER

63

消費税（3％）が導入されたから。

平成2年には28億枚、その前年の平成元年には24億枚の1円玉が製造された。これは、平成元年に3％の消費税が導入され、小銭、特に1円玉が必要とされたからである。貨幣は需要枚数を調べた上で製造枚数が定められるため、年によって製造枚数にバラつきがあり、特定の種類の貨幣だけが多く製造されることもある。

マメ知識 

硬貨の製造枚数が極端に少ない年もある。それは昭和64年である。昭和天皇が崩御され、昭和64年は1月7日で終わったため、「昭和64年」の刻印がされた硬貨は、あまり流通していない。50円硬貨と100円硬貨にいたっては、製造もされていない。ほかの硬貨でも、年によって製造されていない場合がある。

問題 QUESTION 64

野生のイルカが、走っている船の周りに集まってくるのはなぜか？

答え ANSWER 64

船の周囲の波に乗ることで、楽に泳ぐことができるから。

船が海を航行すると、船の周囲には進行方向と同じ向きの波のうねりが生まれる。イルカはその波に乗って泳ぐことで、少ない推進力で楽に進むことができる。イルカは賢く、船の周りの波に乗ると楽ができることを知っているため、体力を温存しようと船の近くに集まってくるのである。少し残念だが「人間が好きだから」というのが理由ではない。

マメ知識

イルカは、左脳と右脳をかわるがわる休ませ、泳ぎ続けることができる（右目を閉じている時は左脳、左目を閉じている時は右脳を休ませている）。また、シロイルカは脱皮する。それは、北極圏に生息していて、流氷とぶつかるため、皮膚が傷だらけになりやすいからである。古い皮膚を砂地にこすりつけて落として再生させるのだ。

問題 QUESTION 65

日本では高級魚とされる鯛。
値づけされるときに
「目」も重視される。
より高い値がつくのは、
どのような目の鯛
だろうか？

答え
ANSWER

65

左目がきれいな鯛であること。

日本では、尾頭つきで魚を皿に盛りつけるときは、頭を左向きにするのが一般的である。それにならうと、盛りつけた際に上になるのは魚の左側である。そのため、左目がきれいな鯛は盛りつけたときに見栄えがよくなることから、高値で売れるのだ。「盛りつけ」だけでなく、魚の絵を描くと、多くの日本人は魚の頭を左側にもってくる。

マメ知識

高級フルーツのメロンだが、良質なメロンを見分けるポイントのひとつが、表面の網目。網目が細かく緻密で、くっきりと盛り上がっているものほど美味しい、といわれる。同じく高級食材のマツタケは、カサがまだ開ききっていない状態が買い時。カサが開いているほうが香りは強いが、カサが開ききってから数日で香りは消えてしまう。

問題 QUESTION 66

天気予報において、
夏の天気図と冬の天気図で
日本列島の位置が
違っている。
どのように違うか？

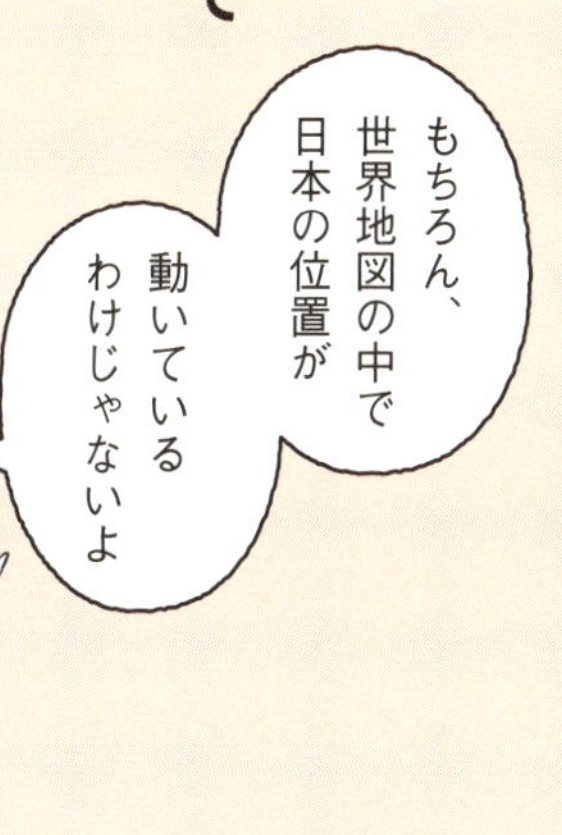

答え ANSWER 66

夏の天気図では、日本列島の位置を上側にずらしている。

冬用の天気図では、日本列島は中央にある。しかし、夏になると台風が増えるので、太平洋側で発生した台風を天気図に収めるためには、日本の南側の海を広くのせる必要がある。そこで、夏用の天気図では、日本列島を中心よりも上側にずらし、台風の進路を表示できるようにしているのだ。

マメ知識

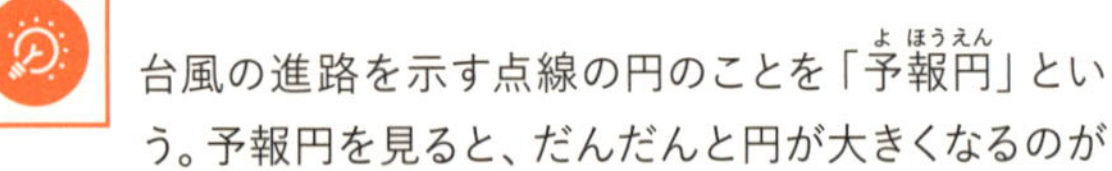

台風の進路を示す点線の円のことを「予報円（よほうえん）」という。予報円を見ると、だんだんと円が大きくなるのが一般的だが、この意味を誤解している人も多い。あの円は、台風の大きさや勢力を示しているわけではなく、「台風の中心が入ると予想される範囲（はんい）（確率70％）」を示している。だから、自然と予想しづらい先のものほど大きくなるのだ。

問題 QUESTION 67

実は、天然ガスには、
臭(にお)いも色もない。
では、家庭で
ガスが漏(も)れたときなどに、
「ガス臭(くさ)い」と感じるのは
なぜか？

オナラに
臭いがなかったら、
どうなるか、
それがヒントですね

答え ANSWER 67

「ガス漏(も)れ」に気づくことができるように、臭いがつけられている。

天然ガスは、元々無色無臭である。しかし、そのまま家庭で使用してしまうと、ガスが漏れても気づくことができない。そのため、家庭で使われるプロパンガスや都市ガスには、嗅(か)いだら誰でもガスだとすぐにわかるような、一般的な生活臭とははっきり区別できる臭いをつけるように、国の法律で定められている。

マメ知識 

同じような例として、「ガソリンと灯油(とうゆ)」がある。両方とも、ガソリンスタンドで販売している、（もともとは）無色透明の液体であるが、発火温度が違うため、灯油と間違ってガソリンを使うと、たいへんな事故になる危険がある。そのため、ガソリンは、うすいオレンジ色に着色されている。

問題 QUESTION 68

大型デパートなどでは、
階によっては、
次の階に行くエスカレーターが
フロアの反対側に
配置されていることがある。
このような面倒(めんどう)な配置に
なっている理由は何か？

答え ANSWER 68

災害時の避難に際し、客が殺到するのを防ぎ、安全を確保するため。

災害が発生すると、店内の客たちは避難のために、自動停止したエスカレーターを一斉に下り始める。エスカレーターを離れた配置にすることで、人々が1箇所に集中せず、安全に避難できるように配慮されている。また、平常時は客たちにフロアにある色々な店の横を通らせ、「ついで買い」を誘導する効果もある。

マメ知識

エスカレーターの傾斜角度は、30度が一般的。スキーなどで30度は急斜面だが、エスカレーターでは、乗客が快適かつ安全に移動するのに最適な角度といわれている。また、転倒対策として、エスカレーターでは、手すりとステップの速度が微妙に変えてある。昇りは、手すりのほうが速く、下りはステップのほうが速い。

問題 QUESTION 69

美容院でのシャンプーでは、前かがみの姿勢ではなく、仰向けの姿勢にされる。その理由は何か？

答え ANSWER 69

水流で化粧(けしょう)が落ちないようにするため。

自宅では、お風呂で洗髪をした後に化粧をすることが多い。一方、美容院に訪(おとず)れる際は化粧をした後であり、前かがみの姿勢では頭から流れ落ちる水が顔にかかって、化粧が落ちてしまう。そこで美容院では、シャンプーのときには、お客様に仰向けになってもらうのだ。お客がおもに男性である理髪店では、たいてい前かがみで洗髪する。

マメ知識

美容師(院)と理髪師(店)では、所持する資格が異なっており、「できること」の内容が違っている。両者とも髪を切ることはできるが、①理容師は「ヒゲ剃(そ)り」ができるが、美容師はできない、②美容師は「ヘアセット、メイク」をすることができるが、理髪師はそれができない。従事する人の数は、美容師は理容師の倍以上にのぼる。

問題 70
QUESTION

高速道路のサービスエリアでは、駐車場の白線が店や道路、施設(しせつ)に対して垂直ではなく、斜(なな)めに引かれていることが多い。その理由とは何か?

答え ANSWER 70

駐車場から出る車を正しい方向に向かわせ、高速道路の逆走(ぎゃくそう)を防ぐため。

高速道路は一方通行。サービスエリアの駐車場も入口と出口が決まっている。しかし、駐車場から出る車が間違って入口から高速道路に戻(もど)ってしまうと、本線を逆走して大事故につながる危険がある。そこで駐車スペースの白線を、出口の方向に向けて斜めに引いておくことで、車を自然に出口に向けて誘導(ゆうどう)し逆走を防ぐことが、目的の1つである。

マメ知識

高速道路には、さまざまな工夫がなされているが、「案内標識(あんないひょうしき)」もその1つ。たとえば、案内標識は平板なプレートではなく、文字部分に小さな穴があいている。これは、逆光状態(ぎゃっこうじょうたい)だと標識の文字が見えにくくなるため、穴をあけて太陽光を透過させているのだ。また文字自体も認識しやすさを優先し、必ずしも正しい漢字を使わないこともある。

問題 QUESTION 71

手鏡を使ってメイクをすると、実年齢より年上に見られがちな理由とは？

一ノ瀬、他人のメイクとか実年齢とか、
気にしてんじゃないわよ！

答え ANSWER 71

手鏡は顔との距離(きょり)が近く、細部まで見えるため、つい化粧が厚くなってしまうから。

手鏡を使ってメイクをすると、設置されたり、置いてある鏡を使うよりも、鏡と顔の距離が自然に近くなる。そのため、ふだんは気にならないシミやシワまでも見えてしまう。それらを隠(かく)そうとするために、化粧が厚くなり、実年齢より年上に見られやすいといわれている。

マメ知識

日本には古くから銅鏡などは存在していたが、ガラス鏡を最初に持ち込んだのは、宣教師のフランシスコ・ザビエルだといわれている。ガラス鏡は、ガラスに銀などのメッキ加工を施したものである。銀は酸化しやすいため、そのままでは、水や湿気などにより変色してしまうので、コーティング処理がされている。

問題 72
QUESTION

中国の箸は、
上から下まで太さが
変わらないものが一般的だ。
しかし、日本の箸は、
先端が細くなっている。
この違いはどのような
理由によるものか？

答え ANSWER 72

日本と中国では、食べる食材と調理方法に違いがあったから。

日本に箸が普及したのは奈良時代だと言われている。日本は明治になるまで魚中心の食生活が長く、塩焼きや煮つけにして魚を食べていた。そのとき小骨を取る必要があったため、箸は細かい作業に適した先が細い形になったという説がある。一方、中国では、肉も魚も食べていたが、魚は揚げて食べることが多かったため、箸で小骨を取る必要はなかった。

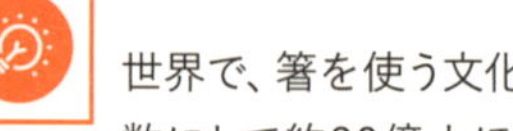

マメ知識

世界で、箸を使う文化がある国は、約3割ほどで、人数にして約20億人ほどだといわれている。中国から日本に箸を伝えたのは、遣隋使であった小野妹子で、その後、聖徳太子が朝廷に箸の文化を取り入れたという。韓国の箸は金属製だが、日本や中国では木製が主流。木製の箸の特長は、熱いものをつかんでも、箸まで熱くならないことである。

問題 QUESTION 73

最近の蛇口では、
出てくる水が
白く泡状になっている。
それはなんのためか？

問題を出される
まで、「泡状に
なっている」ことに
気づきませんでした

答え
ANSWER

73

空気を多く含ませて、水が飛び散るのを防ぐようにしているため。

蛇口から出る水は、空気を多く含んでいるほど、水流が柔(やわ)らかくなって飛び散りにくくなる。最近の蛇口には、先端に泡沫(ほうまつ)キャップ・整流キャップと呼ばれる部品がついていて、これらの部品を介すことで水中に含まれる空気が増え、白く泡状になって出てくるのである。

マメ知識

水道の蛇口の中には、「星型」の金具がはめ込まれている。これは、「整流板(せいりゅうばん)」と呼ばれるもので、やはり、水が飛び散るのを防ぐ役割がある。「蛇口」の名前の由来は、明治時代に屋外に設置された水道の共用栓を「蛇腹(じゃばら)」と呼んでいたため、水を排出する吐水口を、それになぞらえて「蛇口」と呼ぶようになったことだといわれる。

問題 QUESTION 74

電車の中吊り広告で、商品名などはやや下の位置に書かれていることが多い。それはなぜか？

電車が混んでいるときのことを想像するとわかりやすいかもね

答え ANSWER 74

最も重要な情報を多くの人の目に触れさせるため。

中吊り広告は一定間隔で連続して吊られるため、奥の広告に手前の広告が被さってしまい、電車の乗客からは、上半分は見えにくくなる。一方、広告の下側は車内の広い範囲から見ることができるため、商品名や雑誌名、社名など、重要な情報は広告の下側に配置して、できるだけ多くの人の目に触れるように工夫されていることが多い。

マメ知識

かつては、電車の中吊りに雑誌の広告が掲示されることも多く、その広告の見出しからニュースを知る人も多かった。しかし、2021年に「週刊文春」「週刊新潮」が中吊り広告を終了し、主要週刊誌の広告はなくなった。理由は、スマホの普及によって、乗客が車内の広告をあまり見なくなったためともいわれている。

問題 QUESTION 75

鉄道の駅で、
ホームにいる駅員さんが
手袋をしているのには、
理由がある。
その理由とは何か？

答え ANSWER 75

列車のドアに手が挟まれたとき、手を抜きやすくするため。

特にラッシュ時など、車両のドアに荷物や人が挟まったときに、緊急対応として、駅員さんがドアをこじ開ける（あるいは乗客を押し込む）場合がある。その対応中に駅員さん自身の手がドアに挟まってしまったとき、手袋をつけていれば滑りがよくなり、引き抜きやすくなる。ちなみに、手袋の色が白色なのは、ホームで指示が伝わりやすいよう、目立つ色として選ばれている。

マメ知識

電車が発車する際、運転士が発する言葉に、「出発進行」がある。これは、運転士が自らに、「よし、出発するぞ！」というようなかけ声をかけ、気分を盛り上げているわけではない。「進行」は、出発信号機の「青（緑）信号」のこと。つまり、「出発進行」は、運転士が「信号が青であることを確認した」と指さし確認しているのである。

問題 QUESTION 76

住宅やマンションの周囲に敷（し）かれている砂利（じゃり）は、景観を整え、雑草を生えにくくするという効果があるが、ほかにも砂利を敷く目的がある。その目的は何か？

答え ANSWER 76

砂利は、その上を歩くと音がするため、泥棒などの不法侵入者の対策にもなるから。

戸建ての家やマンションの周りに敷かれている砂利は、よく見ると通常の砂利よりも大粒で、人が上を歩くと大きな音がするようになっている。空き巣などの犯罪者は、動くたびに大きな音が鳴って気づかれてしまうことを嫌がるため、犯罪対策として敷かれる場合も多いのである。

マメ知識

犯罪防止のために使われる砂利であるが、鉄道でも活躍している。線路の下には、「バラスト」といわれる砕石が敷き詰められているのだ。これは、荷重を分散させてレールを支えたり、振動や騒音を吸収する役割も果たしている。また、コストが安く、雑草も生えにくいというメリットもある。

問題 QUESTION 77

手慣れた泥棒がタンスを荒らす時、引き出しの上と下、どちらから開けるか？またその理由は何か？

答え ANSWER 77

下から開ける。（閉める必要がなく、短時間で仕事ができる）

泥棒は、家人に発見されて捕まらないよう、できるだけ短時間で仕事を終わらせたいと考えている。タンス（の引き出し）を上から開け始めると、下の引き出しの中を見るためには、上の引き出しを閉めなければならない。しかし、下から順に引き出しを開けていけば、開けた引き出しを閉める必要はなく、短時間ですべての引き出しの中身を見ることができるのである。

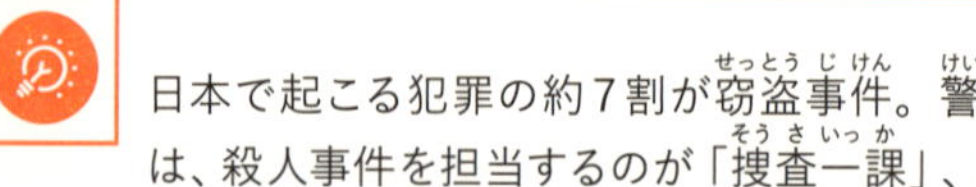

マメ知識

日本で起こる犯罪の約７割が窃盗事件。警視庁では、殺人事件を担当するのが「捜査一課」、詐欺や企業犯罪を担当するのが「捜査二課」、窃盗事件を担当するのが「捜査三課」である。捜査一課の相手が基本は素人（プロの殺し屋でもない限り）なのに対して、窃盗犯はプロともいえる。つまり、捜査三課の相手はプロが多いのだ。

問題 QUESTION 78

日本では、空き巣が好む季節がある。それはいつか？

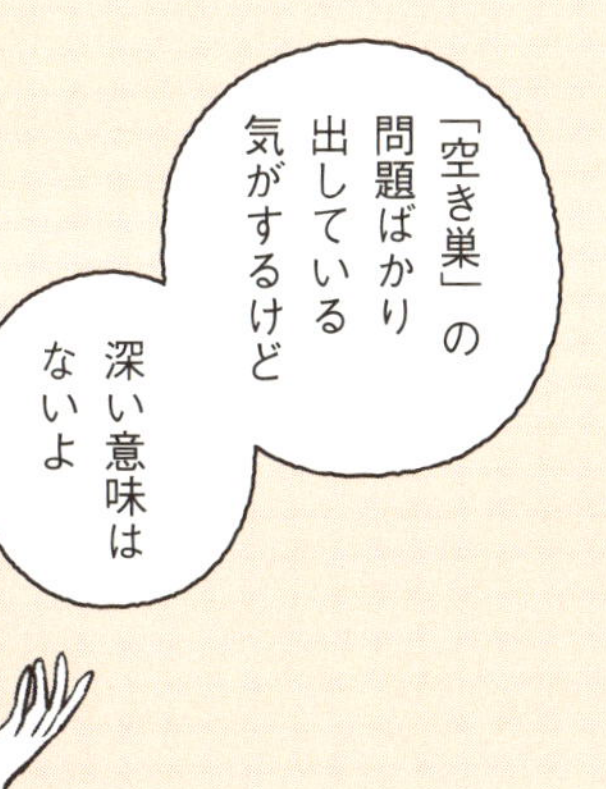

「空き巣」の問題ばかり出している気がするけど
深い意味はないよ

答え ANSWER 78

梅雨(つゆ)

梅雨は空き巣にとって好都合な時期といわれている。理由は複数あり、その一つが「音」。雨音が、窓ガラスを割る音や移動する靴の音を掻(か)き消(け)してしまう。もう一つが「傘(かさ)」。傘をさして、犯人が姿を隠すこともできる。さらにもう一つが、「匂(にお)い」だ。雨水が泥棒の匂いを消すため、警察犬も匂いをたどりにくくなるのだ。

気象庁は、「梅雨入り（梅雨明け）」について、明確な定義を決めていない。一時期、「梅雨入り（明け）」の予想を行わなかった時期もあったが、国民からの要望もあり、また、災害などにもつながるため、「梅雨入り（梅雨明け）したとみられる」というような発表を行うようになった。雨が長続きしない北海道は、「梅雨はない」とされている。

問題 QUESTION 79

手術室にある医療用の照明は、複数の電灯で構成されている。それはなぜか？

答え ANSWER 79

手術をする医師の手元に、影ができないようにするため。

手術室で使われる電灯は、「無影灯(むえいとう)」とよばれる。文字通り、「影ができない灯り」である。手術をする外科医の手元に影ができてしまうと、患部(かんぶ)が見えなくなってしまうため、大きな1つの光源ではなく、多数の光源で照らすのだ。さらに、その複数の光源は、同じ角度を向いてはおらず、さまざまな角度を向いている。また照明の背後の鏡面に乱反射して、光で影を消している。

マメ知識

かつては、外科医の手術医は「白色」が主流だった。しかし現在は、「青（緑）色」が増えている。それは、色残像対策である。強い光の中で患者の体内の血の色（赤）をずっと見ていると、赤の補色である「青緑色」が白衣の上などに見えて、手術の邪魔になる。そこで、残像が邪魔にならないよう、手術衣を残像と同色にしているのだ。

問題 80
QUESTION

イヌは爪を
引っ込められないが、
ネコは爪を
引っ込めることができる。
それはなぜだと
考えられているか？

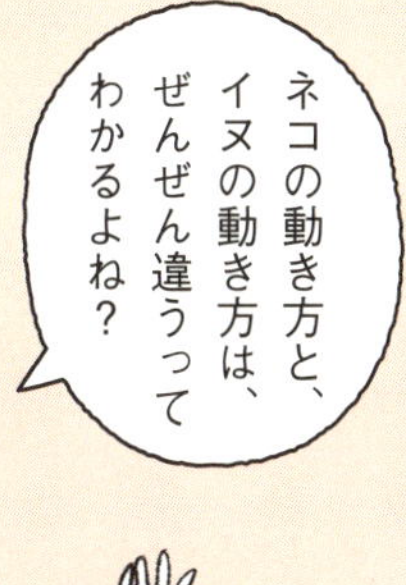

ネコの動き方と、
イヌの動き方は、
ぜんぜん違うって
わかるよね？

答え ANSWER 80

ネコは足音を消して、獲物(えもの)の近くまで忍び寄る必要があるから。

ネコが単独で狩りを行うのに対して、イヌは群れを作って狩りを行う。群れで獲物を追いかけるイヌは、足音を消す必要がそれほどないが、単独で狩りをするネコは、瞬時に獲物をしとめるため、足音を消して、獲物にそっと近づく必要がある。獲物に気づかれることなく近くまで忍び寄る能力を高めるために、爪を引っ込められるように進化したといわれている。

マメ知識 

ネコの仲間で、唯一爪(つめ)を引っ込めることができないのが、チーターである。スピードが最大の特長であるチーターは、一瞬にしてトップスピードにもっていかなくてはならない。そのためいつでも地面をつかめるように、爪がだしっぱなしになっているのである。ただし、たいていのネコが得意な木登りが、チーターは苦手である。

問題 81
QUESTION

東京から離れた、
南方の地域にのみ
生息している蝶が、
ある時期だけ、
東京で見つかることがある。
それはなぜか？

ちょっと話は
それちゃうけど、
地球上で
昆虫類がこんなにも
繁栄しているのは、
こういうことも
関係しているのかな？

答え ANSWER 81

台風や季節風の時期に、風で運ばれてきたから。

南方の地域にのみ生息する蝶が、東京で発見されることがあるのは、台風や季節風が吹く時期だ。それは大風によって流されたり、台風の目に入り込んで出られなくなった蝶が、南方から移動してきたからと考えられている。

マメ知識 

問題で取り上げているのは、たまたま台風などに巻き込まれた蝶である。しかし、アメリカには、あまり羽ばたくことなく、意図的に気流に乗って遠距離を飛ぶ、オオカバマダラという蝶がいる。オオカバマダラは、「渡り鳥」ならぬ「渡り蝶」ともいわれ、高度300メートル以上で4000キロ以上の距離を移動する。

問題 QUESTION 82

街路樹として植えられている木は、落葉樹が多い。葉っぱが落ちて掃除の手間が増えるのに、わざわざ落葉樹を植える理由とはなにか？

手間がかかってでも実現すべきことがあるんだろうね

答え ANSWER 82

夏と冬の両方で、通行人が過ごしやすい環境をつくるため。

街路樹は、通行人が快適に過ごす環境をつくることが目的で植えられている。落葉樹は夏に葉が茂(しげ)るため、真夏の直射日光をさえぎって道路に日陰(ひかげ)を作る働きをする。また、冬は葉が落ちるため、暖かい日差しをさえぎることがない。落葉樹は、まさに1年を通して街路樹に適した樹木なのである。

マメ知識

落葉樹の代表といえるのが「イチョウ」であろう。イチョウは、街路樹や神社・寺院の境内(けいだい)に植えられる樹木としても有名である。このイチョウは、東京都・神奈川県・大阪府という、日本で人口の多い上位三都府県の「県（都・府）の木」ともなっている。都市の環境に、もっともなじんだ樹木の証ともいえるだろう。

問題 QUESTION 83

男性用の洋服では、
前ボタンは右側に
ついているが(右前)、
女性用の洋服では、
前ボタンが左側に
ついていることが多い(左前)。
それはなぜか?

和服の場合、
男女問わず、
右前だけどね…

答え ANSWER 83

中世ヨーロッパでは、貴族の女性は、着替えを使用人に手伝わせていたため。

右利きの使用人にとって、ボタンが左についているほうが、着替えさせやすいのだ。そのほかに、授乳の際などに左手で子どもを抱えて右手を動かせるようにしているため、という説もある。また、男性用の洋服が右ボタンなのは、昔、懐(ふところ)に潜ませた武器を(服の中に手を入れて)右手で取り出しやすいようにしていた名残(なごり)といわれている。

マメ知識

「左右対称だと思っていたら、実は違った」というものは多く、実際に不便を感じることが多いのが、「右利き」「左利き」の問題である。世にある多くのものが、実は「右利き用」で、扇子(せんす)は左利きの人には開きにくく、トランプも左利きの人が手に持って開くと数字が見えない。それらの難点を解決するのが、「ユニバーサルデザイン」である。

問題 QUESTION 84

かつて、宇宙では、
文字を書く際に、
ボールペンや万年筆ではなく、
サインペンが使われたという。
それはなぜか？

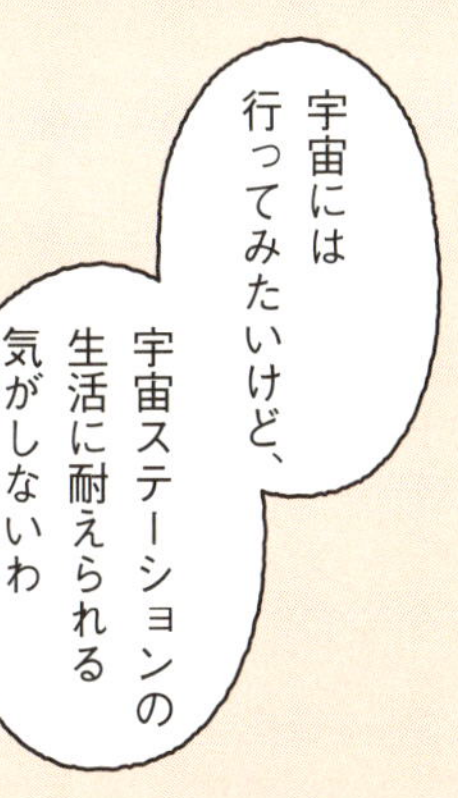

宇宙には行ってみたいけど、
宇宙ステーションの生活に耐えられる気がしないわ

答え ANSWER 84

インクを吸い上げる仕組みであれば、重力に関係なく文字が書けるから。

通常のボールペンや万年筆で、インクがペン先に届くのは、重力が存在しているからである。重力のない宇宙空間では、インクがペン先に到達せず、文字を書くことができない。しかし、サインペンは、毛細管現象によってペン先にインクを吸い上げる仕組みになっているため、宇宙空間でも使えるペンとして採用されていた。

マメ知識

筆記具に限らず、宇宙（ステーション内）では、地球上の常識や生活習慣が、まったく成立しない。大きなところでは、トイレ、洗面、風呂などの水関係。トイレは、尿と便を掃除機のようなもので吸い込むしくみ。手洗い洗面は、濡れタオルでふくだけ。歯磨きは、うがいをしてそのまま飲み込む。入浴も、濡れタオルでふくだけ。なかなか大変なのだ。

問題 QUESTION 85

一般的に
電車の中吊り広告は、
地上を走る電車より
地下を走る電車のほうが
広告料金が高いという。
それはなぜか？
（ただし、路線を利用する
乗客数のことは、
考慮しなくてよいものとする）

広告料金って、どういう要因で変動するのかしら？

乗客数は考えなくていいとしたら…

答え ANSWER 85

地下鉄のほうが、広告に目をやる機会が多いため。

地上を走る電車からは、外の景色が見えるので、視線が中吊り広告に集中しづらい。一方、地下鉄では、窓から景色が見えないため、中吊り広告に視線が集まりやすい。つまり、地上を走る電車よりも地下を走る電車の方が宣伝(せんでん)効果が高いため、中吊り広告の掲出(けいしゅつ)費用も高くなっているといわれる。もちろん、広告料金は、路線の利用者数などによっても、異なっている。

マメ知識

世界中で話題になる「広告」の代表が、アメリカンフットボールリーグ（NFL）の優勝決定戦である、スーパーボウルのテレビCM。超一流ブランド・企業が、超一流のスターを使って、この日1回だけしか流れないテレビCMを作る。30秒の放映時間のCM枠の料金は「約10億円」。2024年は、テレビ史上最多の1億人以上が視聴したといわれている。

問題 86
QUESTION

5円玉は、1949年に
発行されたものから
穴が開いた形となった。
1円玉と大きさが近いので、
視覚障害者に配慮(はいりょ)する
目的もあったが、
ほかにも大きな理由があったという。
その理由とは何か?

答え ANSWER 86

硬貨の原材料を節約するため。

当時、日本は戦後のインフレによって、硬貨の原材料を少しでも節約する必要があった。そこで、5円玉の中央に穴を開けることによって、その分の原材料を節約しようと考えたのである。実際に、穴を開けることで、原材料の黄銅（おうどう）は約5％も節約できているという。

マメ知識

原材料費の節約の好例は、建築の分野にもある。「H字」型の鉄骨は、「引っ張り・曲げ・圧縮」のいずれにも強く、それでいて、重量とコストを抑えることができる。ちなみに、5円玉のオモテ面にデザインされた稲穂（いなほ）は「農業」、横線（水）が「水産業」、穴の周囲の歯車が「工業」を表している。また、ウラ面の双葉（ふたば）は「日本」を表すとも。

問題 QUESTION 87

ウサギは、鳥のように
1羽、2羽……と数える。
この数え方の由来には諸説（しょせつ）あるが、
その一説として、
昔の日本人には、ウサギを
鳥の仲間だとしておきたい
理由があったといわれている。
その理由とは何か？

ウサギが鳥？かなり無理があるなぁ…。
江東先輩に言われたら、逆らえないけど…

答え
ANSWER

87

肉食を禁じる仏教では、獣の肉を食べるための言い訳が必要だったから。

かつて、僧侶は、仏教の教えに従って、決して肉を口にしなかった。一方で、鳥は獣ではないとして食べることを許されていた。そこで僧侶たちは、ウサギの大きくて長い耳が鳥の羽のようだとして、「ウサギは獣ではなく、鳥であるから食べてよい」と言い訳したといい、ゆえに「鳥」であるウサギは1羽、2羽と数えられるようになった、とする説がある。

マメ知識

「ウサギは鳥の仲間だ」と強弁するタイプではなく、「今、この鍋に入っているのは、鳥の肉だ」と誤魔化すタイプの話もある。その話では、「じゃあ、何という鳥の肉だ？」と聞かれ、「鵜（う）と鷺（さぎ）だ」というオチがつく。ほかに、肉食の言い訳として、食感が似ていたことから、イノシシは「山くじら」とよばれた。

問題 88
QUESTION

日本独自の男性の髪型「ちょんまげ」は、室町時代の末期頃から広まり始めたといわれている。その理由は何か？

室町末期って、別名、何時代かわかる？俺は忘れたけど…

答え
ANSWER

88

戦でかぶる兜の中で、頭が蒸れることを防ぐため。

古代から、日本人男性は髪を頭頂で結う「まげ」という髪型をしていた。しかし、合戦が増えた中世以降、防御力を高めるために兜が頭に密着する形状になり、蒸れやすくなってしまった。この問題は湿度の高い日本では深刻で、頭部の前面から頭頂の髪をなくし、まげだけを残した「ちょんまげ」が主流になったといわれている。

マメ知識

ヨーロッパでは、シラミなどの虫がつかないようにするために、髪をそって「かつら」を用いていた。バッハ、モーツァルトらも、貴族の前で演奏する際は、かつらを着用した。一方で、ベートーヴェンは、肖像画を見てもわかるが、かつらを着用していない。それは、音楽を聴かせる相手が、貴族から民衆へと変化したことを意味している。

問題 QUESTION 89

東京タワーは、
毎夜ライトアップされるが、
月に一日だけは、
上半分のライトアップを
消すというルールがある。
その日とはどんな日か？

答え ANSWER

89

満月の夜

東京タワーは、日没から24時まで、毎日欠かさずライトアップを行い、東京の夜空を彩っている。しかし毎月1回、満月の夜だけはタワー上部を消灯して、月の明かりを引き立てている。ちなみに下半分は、12ヵ月それぞれのイメージに合わせた季節のカラーで、ライトアップしているという。

マメ知識

東京タワーのライトアップは、180灯の「ランドマークライト」によって行われている（令和元年からは、286台のLEDライトも構成に加わった）。1日の電気代は、平均2万1000円。戦国時代、織田信長も、宣教師が母国に帰国する際、城下の灯りを消し、安土城を提灯でライトアップし見送ったといわれている。

問題 90
QUESTION

2本の箸をワシづかみする「握り箸」がマナー違反といわれるようになったのは、江戸時代からだという。見た目が悪いこと以外にも理由があったが、その理由とは何か？

握り箸のビジュアルを見たら、答えを聞いたようなものね…

答え ANSWER 90

（握り箸は）人を刺す武器にもなるから。

江戸時代、武士たちは様々な作法にしたがって生活していた。会食時に刀を腰から外して丸腰となるのも重要な作法のひとつで、相手に対して敵意がないことを示す意味があった。「握り箸」は、箸の先端を人に向ければ武器にもなるため、攻撃の準備とみなされ、重大なマナー違反となったのである。その後、武士の礼儀や所作は庶民にも広まり定着していった。

マメ知識 

マナーとして、してはいけない箸の使い方には、「探り箸、渡し箸、ねぶり箸、移り箸、刺し箸、寄せ箸、迷い箸」などがある。割り箸を使い終わったあとに折って捨てるのはマナー違反ではない。箸を折る行為には、「箸を使うと、そこにその人の霊が宿ってしまうため、折ることで、その霊を帰らせる」という起源がある。

問題 QUESTION 91

カラオケで
楽曲に合わせて流れてくる
背景映像には、
携帯電話が出てこない。
その理由は何か？

ちなみに俺は、
カラオケに
行ったことないから、
ぜんぜん
イメージが
わきません！

答え ANSWER 91

携帯電話はデザインの移り変わりが早く、映像が古臭い印象になってしまうため。

カラオケの背景映像は、基本的に、一度制作すると、何年もの間使い続ける。しかし、携帯電話のデザインは移り変わりが早いアイテムであるため、見る人に映像が古臭いと感じさせてしまう原因になりやすく、制作者は映像に使わないように配慮(はいりょ)しているという。

マメ知識

携帯電話が一般向けになったのは、1980年代中旬(ちゅうじゅん)。そのころは、「ショルダーフォン」と呼ばれ、肩から下げるタイプで、重さも約3キロあった。それから約40年で、携帯電話は急速な進化をとげた。一方、カラオケボックスが誕生したのも、やはり1980年代中旬頃。以来、施設は進化してきたが、楽しみ方は、今も昔も大きくは変化していないようだ。

問題 QUESTION 92

缶飲料は内容量を「グラム表記」することが多いが、炭酸飲料については、「リットル表記」されることがある。その理由は何か？

これは、元科学部ならわかって当然。
だよね、朝生？自信なさげに見えるけど

答え ANSWER 92

炭酸が時間とともに減少すると、質量が減少してしまう可能性があるため。

缶飲料が「グラム表記」なのは、缶詰の量をグラムで表記していたときの名残といわれる。ただし、炭酸飲料は、炭酸の減少で質量が変化するため、「リットル表記」にされることが多い。ペットボトルの場合、果汁100％のフルーツジュースや野菜ジュースなど、比重の大きい飲料では、「グラム表記」をしているものもある。

マメ知識 

缶入り飲料の「プルタブ」とは、昔のタブが缶から引き剥がされるタイプのものを指し、現在の缶についたままのものは「ステイオンタブ」という。そのタブでは、飲み口は左右非対称になっており、力が分散せず、1点に集中するため開けやすい。タブが時計回りに開くのは、右利きに便利なようにである。

問題 QUESTION 93

時計の針が、世界中ですべて右回りなのはなぜか？

答え ANSWER 93

エジプトで発明された時計の起源が日時計（右回り）だったから。

時計の起源は、紀元前3000年のエジプトで使われていた日時計だったという説が有力である。この日時計では、地面に棒を立て、太陽に照らされてできる棒の影の向きと長さで時間を判断していた。北半球にあるエジプトでは、影は右回りに動くことになる。その日時計のルーツが引き継がれたため、時計の針はすべて右回りになったといわれている。

マメ知識

日時計（の影）は、南半球では、左回りに回る。エジプトは暑い国のイメージがあるが、北半球にある国であり、緯度的には、日本の沖縄と同じくらいである。島根県には、世界最大の砂時計である「砂暦」がある。全長5.2メートルの大きな容器の中を、1トンの砂が1年間をかけて落ちていく。

問題 94
QUESTION

日本で使われている
スリッパは、
明治時代に、
ある目的で発明された。
その目的とは何か？

明治時代？
江戸時代が
終わったという
ことだよな……

答え ANSWER 94

来日した西洋人たちが、土足で屋内に上がってしまうのを防ぐため。

江戸幕府が倒れ、鎖国政策が終わり日本が開国したことによって、明治時代、多くの西洋人が日本を訪れた。西洋人は屋内で靴を脱ぐ習慣がないため、畳の部屋に土足で上がってしまう。困った旅館や寺の相談を受けた職人が、靴の上から履くためのものとして、スリッパを発明したのである。

マメ知識

日本で、鉄道開業当時に多かった忘れ物は、靴などの履き物だった。その頃の日本人にとって、列車という乗り物は、「家」と同じような感覚であったのか、土足で上がることができない人が多かったようだ。また、まだ鉄道が珍しかったため、誰かが靴を脱ぐと、それにつられたとも考えられる。脱がれた靴は、ホームに置き去りになった。

問題 QUESTION 95

江戸時代までの日本では、
1日2食が普通だった。
しかし、あるものの生産量が
増えたため、
1日3食の生活に変わった
といわれている。
米の生産量が増えたのは
もちろんだが、
ほかに何の生産量が増えたためか？

あたしの
頭の回転の
速さの秘訣は、
糖分！
ごはんの糖質は、
脂肪になりにくい
から、おススメ！

答え ANSWER 95

灯りに使う、なたね油。

灯りの燃料となる「なたね油」は、江戸時代に生産量が増加して安価になり、庶民が入手しやすい油になった。すると、人々は日が沈んでも、なたね油を使って灯りをつけ、夜も活動するようになった。活動をすれば、当然お腹も空く。そのため、朝と昼に加え、夜にも食事をする「1日3食」の習慣が誕生した。

マメ知識

江戸時代、貧しい農民の子であった二宮尊徳（二宮金次郎）が、学問を修めることができたのは、夜、灯明で読書をしたからである。育ての親である伯父に、「油がもったいない」と叱られたが、尊徳は、自ら菜種（油が取れる作物）を栽培し、それを灯明油と交換してもらって読書を続けた。そうやって知識を蓄え、自らの道を切り開いたのだ。

問題 96
QUESTION

ランドセルは、日本独自の通学カバンである。

子どもには不釣(ふつ)り合(あ)いなほどの大きさで作られているが、
これには、荷物をすべて詰(つ)め込(こ)んで両手を自由にできるという安全上の利点がある。

そして、ランドセルの大きさにはもう一つ、大きな利点がある。

その利点とは何か？

ランドセルの語源は、オランダ語の「ランセル」だけど、
そのことは、答えには関係ないよ

答え ANSWER 96

子どもが背中から転倒したときに、クッションの代わりになる。

ランドセルには、子どもの両手が自由になるという利点のほかに、その厚みによって衝撃(しょうげき)を吸収し、クッション代わりになるという機能がある。背中から転倒したり、高所から落下してしまったときに、背中や頭を地面に打ちつけることを防ぐ、大切な役割を果たしているのである。

マメ知識

ランドセルが小学生に普及するきっかけを作ったのは、初代総理大臣として歴史に名を残す伊藤博文(いとうひろぶみ)。伊藤が大正天皇へ、ランドセル的な箱型のカバンを贈ったのがはじまりといわれる。かつて、ランドセルは、赤と黒の2色しかなかった。それは、赤と黒以外では、革をむらなく染めるのが困難だったからである。

問題 97
QUESTION

温泉や銭湯では、
男湯は下水の上流側にあり、
女湯は下流側に
あることが多い。
その理由は何か？

「温泉」には
ちゃんと定義があって、
25度以上の
湧出する温水か

指定の19物質の
1つでも含有して
いることなんです

答え
ANSWER

97

下水管を詰まらせないため。

入浴施設では、下水管を詰まらせると、大きな問題になりかねない。女性は入浴時に化粧を落とすことや長い髪が原因となり、男湯よりも下水が詰まる可能性が高いといわれている。そこで男湯を上流に、女湯を下流に配置して、そのリスクを減らしているのである。

マメ知識 

問題のように、男湯を下水の上流側に固定している温泉も多いが、中には、日や時間帯によって、男湯と女湯を入れ替えている温泉宿もある。それは、男湯と女湯で、設備や広さなどに違いがあったり、浴場内（よくじょうない）に露天風呂（ろてんぶろ）などが設置されていた場合は景観に違いがあるため、その不公平感をなくすという意味もある。

問題 QUESTION 98

南極は極寒の
地域だが、
実は風邪を
ひきにくい。
その理由は何か？

「風邪は万病のもと」って言うけど、あれは、あらゆる病気の初期症状が
風邪の症状に似ているからなんだろうね

答え ANSWER 98

風邪の原因である、ウイルスの宿主となる人や動物がいないから。

風邪は寒いからかかる病気ではなく、ウイルスが体に感染して発症する病気である。しかし、南極の内陸には哺乳類が生息しておらず、また人間同士の交流もかなり少ない。ウイルスが増殖するには、人が媒介する必要があるため、このような他者との接触が極端に少ない環境では、極寒の環境であっても、南極では風邪をひきにくいのである。

マメ知識 

南極では、（南極以外から）ウイルスや菌が持ち込まれないようにしている。そのため、体調不良だけではなく、小さな虫歯などでも治療していないと南極へは行けない、ともいう。日本で風邪が冬にはやるのは、寒さで免疫力が低下しているという理由もあるが、冬は湿度が低く乾燥していてウイルスが飛散しやすいからである。

問題 QUESTION 99

「神無月」とは、
旧暦10月の異称であるが、
日本のある地域だけは、
旧暦10月を別の異称で
呼んでいる。
それは、どこの地域か？

知っているか知らないかの知識の問題っぽいけど、
理屈で考えてもわかると思うよ

答え
ANSWER

99

出雲(いずも)地方(現在の島根県)

これは、平安以降の後づけ的な解釈といわれるが、旧暦10月を「神無月(かんなづき)(神なし月)」と呼ぶのは、「日本中の神様が、10月に出雲に集って話し合いをするため」である。だから、日本中のほかの地域からは神様はいなくなるが、出雲にだけはすべての神様が集っている。このことから、出雲では旧暦10月を「神在月(かみありづき)」と呼ぶ。

マメ知識

日本の旧暦は、1月から順に、「睦月(むつき)、如月(きさらぎ)、弥生(やよい)、卯月(うづき)、皐月(さつき)、水無月(みなづき)、文月(ふみづき)、葉月(はづき)、長月(ながつき)、神無月(かんなづき)、霜月(しもつき)、師走(しわす)」。フランスでも、フランス革命時に定められた、「革命暦」があり、9月からはじまる。順に、「葡萄月(ヴァンデミエール)、霧月(ブリュメール)、霜月(フリメール)、雪月(ニヴォーズ)、雨月(プリュヴィオーズ)、風月(ヴァントーズ)、芽月(ジェルミナル)、花月(フロレアル)、牧月(プレリアル)、収穫月(メスィドール)、熱月(テルミドール)、実月(フリュクティドール)」と名づけられている。

問題 100
QUESTION

互いのグラスをぶつけ合う
「乾杯」は、宴会の開始時に
行われる一般的な慣習で、
その起源には諸説あるが、
中世ヨーロッパ説では
その元々の目的は
どんなことといわれているか？

こういうのって、
「乾杯」とは
真逆のイメージ
なんだろうな…

答え
ANSWER

100

互いの飲み物を混ぜ合わせて、宴会での毒殺を抑止するため。

日本の宴会でもよく見かける「乾杯」。この慣習が中世ヨーロッパで誕生した時は、中の液体が飛び散るほどグラスをかなり勢いよくぶつけ合ったといわれている。つまり、杯の中身を混ぜることで、毒を混入していないと出席者同士で証明することが「乾杯」の目的であり、暗殺から身を守る苦肉の策だったのである。

マメ知識

日本での「乾杯」のルーツは、日米和親条約だとする説がある。条約の締結後に、日本に派遣されてきた貴族が、「健康を祝して、杯を交わそう」と提案した、という。当初は乾杯ではなく、「万歳」とも言っていたそうだが、その後、「杯が乾くまで中身を飲み干そう」という意味で、「乾杯」という言葉が定着した、といわれている。

エピローグ

「『鮭』と『サーモン』の違い、ですか？　考えたこともなかったなぁ」

パイプ椅子の上で器用にあぐらをかいた朝生奏が、「うぅん……」と首をかしげてうなる。

「僕がコンビニで買ってきたこのサラダは、『スモークサーモン』って書いてますけど、江東先輩が爆発させちゃったのは、『鮭』だったんですか？」

「……そうだね、パックのラベルに『鮭』って書いてある」

ゴミ袋から引っぱり出した空の白いトレイを確認して、蘭が答える。「もしかして……」と、奏はあぐらをかいたまま、つぶやいた。

「『鮭』は日本で獲れたもので、『サーモン』は海外で獲れて輸入したものじゃないですか？　だから英語なんですよ！」

「残念。あたしが買ってきた『鮭』には、『チリ産』って書かれてるよ。それに、そんな子どもみたいな発想が正解だったら、ビックリするわよ」

奏のひらめきを即座に撃ち落とした蘭が、手にしていたトレイをふたたびゴミ袋に押し込む。

奏は「えぇー、『子ども』ですかぁ？　いきなり正解を出していいのかなあって思ってたんですけど……」と唇をとがらせて、恨めしそうにゴミ袋を見つめた。

「うーん……でも、それじゃあ『鮭』と『サーモン』の違いって、なんなんだろう？」

「俺、前にどこかで聞いたことある気がするんですよね」

横からつぶやきを差し挟んできたのは、透だった。

「たしか、『鮭』は天然もの、『サーモン』は養殖もの、じゃなかったでしたっけ？」

「お、いいね、井口。でも、もう一歩、進んでほしいな」

透を指さして、究が言う。答えに近づいているらしいということは透もわかっているようだが、それより先に進むロジックが見つからない。その隣で、「わかった‼　オスとメスで呼び名が違うんだ！」と、奏が完全に方向性の誤った解答を口にして、全員に無視された。

そして、透が口にした以上の答えはもう出ないとみた究が、もったいぶった説明を始める。

「『鮭』と『サーモン』は、同じ種類の魚ではあるけど、主に生息域というか漁獲方法が違うんだ」

「えっ、それって、『野球』と『ベースボール』が違うって話に近いですか？」

奏の言葉は、今度は無視されることはなかったが、蘭の怒りを買うことになった。

「話がぜんぜん進まないから、奏は黙ってて」

究が静かに説明を続ける。

「『鮭』は産卵するときに川を遡上することで有名だけど、分類的には海水に生息する海水魚で、主に海で漁獲される天然もののことを指す。一方、『サーモン』は、日本では主に淡水で養殖される淡水魚なんだ。まぁ例外もあるけど、おおむね、そういう認識で合ってるよ。そして、これが大事なことなんだけど、海で漁獲される天然ものの『鮭』には、寄生虫のアニサキスが潜んでいることがあるんだ」

「アニサキスって、知ってます！　生魚についてることがある寄生虫で、生きたまま胃に入ると、ものすごく痛いんですよね……。ずいぶん前に、父さんがアニサキスで食中毒になって、のたうち回ったことがありました」

「そう。海で獲れた天然ものの『鮭』には、そのアニサキスが寄生している場合がある。でも、アニサキスによる食中毒は、魚を火に通して加熱すれば、予防できる。だから、海で獲れた天然の『鮭』は、よく火を通して食べないといけない。一方、淡水で養殖された『サーモン』には、このアニサキスが存在しないんだ。アニサキスは、海水に生息する寄生虫だからね。だから、『サーモン』は生のまま食べることができる。お刺身やお寿司やカルパッチョになってるのは『サーモン』ばかりで、『鮭』は見たことがないでしょ？　これが、『鮭』と『サーモン』の違いだよ。つまり、生で食べれるものは『サーモン』と表示されていて、加熱したりして食べないといけないものは『鮭』と表示されているんだ」

そう言った究は、ガスバーナーにまたがった網の上に横たわる、すすけたアルミホイルを指でつついた。閉じていたはずのホイルの上部が、どうやら内部からの小爆発の勢いで開いて、そこからかすかに、未知の臭気がもれている。

「これは、加熱はされているけど、とても食べられそうにないね。もはや、『鮭』でも『サーモン』でもない物体だ」

「それにしても蘭、今回は何をしたの？　どうやったら、鮭が爆発して、黒煙が上がるのかしら？」

「おっかしーなー。ミシュランのシェフも裸足で逃げていく激ウマのホイル焼きが完成するはずだったんだけど……。あー、でも、本当に美味しくないかどうかは、食べてみないとわからないわね。この世には、見た目にはグロテスクだけど、食べてみたら美味しいものなんて、いくらでもあるからね。奏、ちょっと食べてみてよ」

「えぇぇっ、イヤですよぉ！　さっきの黒い煙、見ましたよね!?　絶対、体によくないです！」

「だから、『黒い煙』ってなんなんですか!?　いいかげん、俺にも情報共有してくださいよ！」

ぎゃあぎゃあと、今日もパズル部の部室が騒がしくなる。その騒々しい輪からいち早く抜けたのは、究だった。

「江東は『見た目はグロテスク』って自覚してるなら、その『物体X』を、とっとと片づけて。それから、部長として、ボヤ騒ぎを起こしたおわびに、全員に何かをごちそうすることを命じるよ」

「はぁ？　なんであたしが？」

思いっきり不満げに表情をゆがめた蘭に、究は涼しい表情で「らしくない」ことを言う。

「僕はパズル部の部長として、この部は続いてほしいと思っているからね。もしかして誰かが、今回のボヤ騒動のことを学校に密告したら、江東は大事な実験用の道具を全部没収されて、今後は科学実験の禁止を約束させられるかもしれないよ。部活動だって、活動停止になるかもしれない。だから、みんなを買収して共犯にすることで、内部告発者をださないようにしないといけないんだよ」

――一番裏切りそうなのは、一ノ瀬、あんただよ！

蘭のノド元までその言葉が上がってきたが、顔をひきつらせながら、ギリギリのところで呑み込んだ。一方の究は、終始にこにことした笑みを崩さない。

やがて蘭がヤケクソのように叫んだ。

「美味しいものって、あたしの手料理――」

「「「それは遠慮します！」」」

ふだんバラバラのパズル部の声が、みごとにピタリとそろった。

瑛は、やれやれと額を押さえて、苦笑した。

——鮭とは違って、煮ても焼いても、どれだけ火を通したとしても食えないのは、一ノ瀬くんね。

そんなことを思う瑛の視線の先で、当の一ノ瀬究は、ひどく機嫌がよさそうに口笛を吹くのだった。

- 一ノ瀬究

東明稜高校３年生。パズル部の部長。科学部を乗っ取り、パズル部に部名変更。考え、性格、行動、すべてが謎に包まれている。他人の名前は覚えようとせず、常に知恵の輪をいじっている。あらゆることを「パズル問題」にたとえて説明しようとする。本書が初の著書。

- usi

静岡県出身。書籍の装画を中心に、イラストレーターとして活動。グラフィックデザインやWebデザインも行う。

5分後に意外な結末QUIZ　ロジカル思考：一ノ瀬究からの挑戦状

2024年12月31日　第1刷発行
2025年３月17日　第2刷発行

編著　一ノ瀬究
絵　usi
発行人　川畑勝
編集人　芳賀靖彦
企画・編集　目黒哲也、栗林峻、志村厚樹、戸泉竜也
発行所　株式会社Gakken
〒141-8416 東京都品川区西五反田2-11-8
印刷所　中央精版印刷株式会社
DTP　株式会社 四国写研

［お客様へ］
【この本に関する各種お問い合わせ先】
○本の内容については、下記サイトのお問い合わせフォームよりお願いいたします。
https://www.corp-gakken.co.jp/contact/
○在庫については、Tel03-6431-1197（販売部）
○不良品（落丁・乱丁）については、Tel0570-000577
学研業務センター　〒354-0045　埼玉県入間郡三芳町上富279-1
○上記以外のお問い合わせは　Tel0570-056-710（学研グループ総合案内）